로크미디어가
유혹하는
재미있는 세상

ROK
MEDIA
로크미디어

공정거래위원회 1

2023년 8월 8일 초판 1쇄 인쇄
2023년 8월 11일 초판 1쇄 발행

지은이 현우
발행인 강준규

기획 이기헌 왕소현 임동관 박경무 강민구 조익현
책임편집 금선정
마케팅지원 이원선

발행처 (주)로크미디어
출판등록 2003년 3월 24일
주소 서울시 마포구 마포대로 45 일진빌딩 6층
Tel (02)3273-5135 Fax (02)3273-5134
홈페이지 rokmedia.com **E-mail** rokmedia@empas.com

© 현우, 2023

값 9,000원

ISBN 979-11-408-1420-6 (1권)
ISBN 979-11-408-1419-0 04810 (세트)

Contents

프롤로그

노가다 인건비 올랐으면 외노자 써.

외노자로 안 되겠으면 불법체류자 써.

아니, 누가 그걸 직접 하래?

하청들한테 시키다 적발되면 손 털란 말이야.

갑질? 불법?

라떼는 원청 비리 적발되면 하청들이 순번 정해서 뒤집어써 줬다.

요즘 하청들은 왜 이렇게 절실함이 없어?!

질 끝판왕 사망

한명그룹
김성균 본부장

인간실격

중소기업 탈곡기.

한명그룹 사람들은 김성균 본부장을 그렇게 불렀다.

하청 업체 특허를 빼내 오고, 단가 후려치는 솜씨가 타의 추종을 불허했기 때문이다.

경쟁사가 중소기업이면 헐값 마케팅으로 상대를 말려 죽였고.

그 과정에서 생긴 적자는 시장을 독점했을 때 몇 배의 이자까지 톡톡히 받아 냈다.

한명그룹이 재계 서열 1위를 놓치지 않는 데엔 그의 혁혁한 공이 숨어 있던 셈이다.

"부회장님. 아무리 그래도 이 가격은 무립니다. 공사비를 이렇게 내리면 하청들이 집단 반발을 해 올 수도 있습니다."

그런 중소기업 탈곡기도 머리를 조아리는 순간이 있었다.

"무리?"

"40억도 충분히 쥐어짠 단가입니다. 여기서 5억 더 깎는 건 하청들한테 죽으란 소립니다."

김성균이 재차 말하자 회의실엔 숨소리도 들리지 않았다.

임원들 모두 부회장님 견적서가 얼마나 말도 안 되는 금액인지 알고는 있다. 하지만 감히 차기 회장님에게 반기를 들 순 없는 법.

"다른 임원들은 어떻게 생각해? 내가 틀리고, 본부장이 맞아?"

부회장이 눈길을 돌리자 겁먹은 임원들이 황급히 눈을 돌렸다.

"후우……. 다들 나가 있어 봐."

그렇게 임원들이 줄행랑치듯 나가자 부회장이 담배를 들었다.

"본부장. 늘 잘하다가 오늘은 왜 이래?"

"공사비는 지난번에도 대폭 깎지 않았습니까? 이번에도 깎으면 정말 하청들 부도날 수도 있습니다."

"하청이 부도가 난다라. 허허, 본부장. 자네는 소속이 어디야?"

"예?"

"한명물산 본부장이야. 아님 하청 업체 본부장이야? 은퇴하고 어디 자리 받아 놨어?"

모욕적인 언사에 김성균이 어금니를 깨물었다.

"철저히 한명건설 입장에서 말씀드리는 겁니다. 지금도 하청들이 외노자만 부리고 있는데 만약 가격을 더 후려치면……."

"그럼 더 저렴한 인부들 써."

"부회장님. 하청들이 불법체류자 쓰다 걸리면 저희도 무사치 못합니다."

그 말을 듣자 부회장이 탁자를 엎으며 일어났다.

"그럼 그때 가서 잡아떼면 될 거 아니야! 우리는 모르는 일이었다, 이거 한두 번 해 봐?"

"……."

"아니 내가 지금 임원들한테 특허를 빼 오래? 아님 인력을 빼 오래? 그냥 찝찝한 일 하나만 시키자니까. 재수 없게 걸린 하청들한테 나중에 일감 더 챙겨 줘! 그럼 서로 좋잖아?"

부회장은 아무래도 뜻을 꺾을 생각이 없어 보였다.

그는 한참이나 날뛰더니 목소리를 가다듬고 말을 이었다.

"본부장, 자네가 그렇게 말하면 나도 섭섭해. 지금 내 상황

모르는 거 아니잖아? 나 경영 승계만 확실시되면, 그땐 나도 하청들 이렇게 안 후려쳐."

김성균은 입술을 깨물었다.

현재 한명건설을 맡고 있는 장남 최영석 부회장.

제약을 맡고 있는 차남 최 이사와 피 튀기는 왕자의 난을 펼치고 있는 중이다. 이 전쟁엔 삼남 최 상무까지 가세했다.

경영 일선에서 후퇴한 최영호 회장은 아들들의 피 튀기는 싸움을 즐겼다. 세 놈 중 경영 실력이 가장 뛰어난 놈에게 왕위를 물려줄 거라고 공공연하게 말해 왔다.

이런 상황을 돌파할 최선책은 회사 실적을 올려 경영 능력을 인정받는 것.

……이겠지만 그런 말은 초등학생도 할 수 있다.

안되면 하청을 쥐어짜서라도 영업이익(순이익)을 올려야 한다.

부회장은 임원이 되기 전부터 사내 방만 경영을 바로잡겠다 공언했고, 이 명분으로 지금까지 하청들을 쥐어짜 내 왔다.

그런 덕택에 그는 주주들에게 신망이 높았다. 돈 허튼 데 안 쓰는 살림꾼으로 확실한 두각을 나타낸 것이다.

"물론 나도 알아. 그간 나 대신 만날 하청들 쥐어짜 낸 게 얼마나 죄책감 들었어? 인간 탈곡기 돼 줘서 고맙다고. 근데 나 공짜로 이 말 하는 거 아니다."

부회장은 김성균을 보더니 슬며시 서류를 꺼냈다.

"나 경영권 물려받으면 이 자리 자네한테 토스할 거야."

"……."

"그때 가서 계열사 몇 개 독립시켜 줄게. 이번이 정말 마지막이야."

부회장이 건넨 서류엔 한명건설의 작은 계열사들과 지분 구조가 적혀 있었다.

김성균의 머릿속엔 많은 생각이 지나갔다.

부회장의 실적을 위해 하청들의 특허를 빼돌리고, 단가를 후려치고, 타 건설사들과 담합해 공사를 따낸 게 몇 번이던가?

하청 사장이 집 앞까지 찾아와서 같이 죽자고 한 적도 있었다.

생각만 해도 치가 떨리지만, '마지막'이란 마법의 단어에선 마음이 약해지는 것도 사실이었다.

"흐흐. 거봐, 안 돼서 안 하는 거 아니잖아. 안 해서 안 하는 거지. 안 그래?"

부회장은 비열한 웃음을 지으며 김성균의 어깨를 토닥였다.

❧

"아무튼 본사 방침입니다. 원자재값이 많이 올랐고, 특허 시공 따오는 데도 돈이 많이 들었습니다. 35억. 이게 저희 한명건설이 생각하는 최대 예산입니다."

부회장의 견적서는 곧 하청들에게 전달되었다. 예상했던 대로 다들 어두운 얼굴을 감추지 못한다.

작년에도 공사비를 삭감하더니, 이번에도 또 삭감이다.

정말 하청들더러 죽으라는 건가?

원·하청 간담회는 단순히 불편한 분위기가 아니라, 살기마저 느껴지는 전쟁터처럼 변해 버렸다.

김성균은 애써 그런 분위기를 모른 척했다.

불편한 침묵은 잠시뿐이다. 늘 그랬듯 저들은 이 견적에 이의 제기를 하지 않을 것이다.

"본부장님. 한 말씀만 드려도 됩니꺼?"

하지만 오늘은 그런 예상과 달리 한 남자가 손을 들었다.

을지물산의 심영수 사장으로, 하청 업체들의 반장 역할을 하던 사람이었다.

김성균은 짐짓 긴장한 얼굴로 시선을 돌렸다.

"말씀하세요."

"여기 있는 하청사들 다 공삿밥 20년씩은 먹었십니더. 근데 이 공사 40억도 빠듯합니더."

"무슨 말씀이시죠?"

"공사비 인상은 바라지도 않심더. 근데 저희 쥐어짜는 거그만하면 안 되겠십니꺼?"

"맞습니다, 본부장님. 재고해 주십쇼!"

"저희도 딸린 식구가 몇인데요. 이러면 직원들 월급도 못 줍니다!"

"그러면 공사 기일에도 차질이 갈 겁니다!"

원청이 아무리 부당한 지시를 내려도, 하청이 집단행동을 하는 경우는 잘 없는데.

아무래도 하청들 간에 단합 대회라도 있었던 모양이다.

김성균은 무리를 슬쩍 살피며 안경을 벗었다.

"외주 사업 거부하시는 겁니까?"

"거부가 아니라 합당한 가격 좀 달라 이 말입니더."

"이 견적이 저희가 생각하는 합당한 가격입니다만?"

"이 가격이 합당하면 그간 저희가 한명건설 등 처먹었단 소립니꺼? 지난번 공사비 삭감 때 저희 부도 직전까지 갔심더. 지금도 직원 월급 주면 남는 돈 한 푼 없심니더!"

은근히 협박조로 말해 봤지만 씨알도 먹히지 않는다. 하청들도 그만큼이나 절박하단 뜻일 것이다.

김성균은 작은 한숨을 쉬며 다시 말했다.

"어차피 공사 끝나면 다들 예비비 가지고 있죠?"

"그건 나중에 하자 보수공사할 때 쓰일 돈입니다."

"그럼 결론 났네요. 하자 보수공사 안 하게끔 처음부터 깔끔하게 시공해 주세요."

"뭐, 뭐라꼬예?"

"오 부장, 그 서류 좀 줘 봐."

더 이상의 논쟁은 의미가 없다. 이젠 원청의 지위로 찍어 누르는 수밖에.

오 부장이 서류를 건네자 그는 그걸 그대로 하청사 사장단들에게 전달했다.

"이번 공사를 35억에 해 주겠단 하청사 명단입니다."

"이, 이게 무슨⋯⋯."

"30억도 있어요. 일감만 주면 자기들이 다 알아서 하겠다는군요."

"⋯⋯."

"세상에 절실한 사람은 많습니다. 제가 꼭 이 말까지 해야 이해하시겠습니까?"

그제야 극성스럽던 하청사들이 입을 다물었다.

당장엔 적자를 보더라도 대기업과 거래를 뚫고 싶어 하는 하청사가 천지에 널렸다.

"⋯⋯본부장님. 진짜로 부탁드리겠심더. 암만 그래도 이 돈으로 공사는 무립니더."

심영수 사장은 급기야 무릎까지 꿇으며 고개를 조아렸다.

"심 사장님. 절실함은 그런 방법 말고 실력으로 보여 주세요. 한명건설에 일감 달라고 집까지 찾아와서 무릎 꿇는 사람 많습니다."

이런 모습을 마주하는 김성균도 속이 편하진 않았다.

하지만 더욱 마음을 굳게 먹기로 했다. 부회장님이 결심을 굳혔다는 건 이미 확인하지 않았는가?

"다시 한번 말씀드립니다. 저희가 강제로 공사를 진행하라고 하지 않아요. 35억에 못 하겠는 사장님들은 이제라도 발 빼 주십쇼."

시끄러웠던 분위기는 언제 그랬냐는 듯 조용해졌다.

이들은 이보다 더 가격을 후려쳐도 대기업과의 연을 끊을 수 없는 사람들이다. 규모 50억도 안 되는 중소 건설사들이 아파트 분양을 따오겠는가, 정부 입찰 공사를 따오겠는가?

"돈 얘기 하다 보면 이런 얘기 정도는 오갈 수 있다 생각합니다. 하지만 두 번은 용납 못 해요. 오늘 대화는 못 들은 걸로 하겠습니다."

김성균은 퉁명스레 말을 남기며 서둘러 불편한 자리를 떠났다.

ℰ

"하청들이 언제 저렇게 말을 맞췄지?"

"아무래도 지난 공사 때부터 공사비를 너무 깎다 보니……."

"우리 오 부장은 일 안 하나 봐."

"예?"

"왜 하청사들 동향 파악 못 해? 내가 현장에서 이 꼴 봐야 돼?"

"죄, 죄송합니다. 불만이 있는 줄은 알았지만 이렇게 들고 일어날 줄은 몰랐습니다."

조수석에 앉은 오 부장은 거듭 고개를 숙였다.

"근데 본부장님. 진짜로 이 가격에 공사 진행시키실 겁니까?"

"왜?"

"사실 저도 납득이 안 가는 견적이라서요. 진짜 이 가격에 넘기면 하자 보수공사는 하청들 돈으로 해야 할 겁니다."

김성균은 말없이 미간을 짚었다. 자사 그룹 부장도 허무맹랑하다 말하는 숫자다. 부회장의 견적서는 마른걸레를 쥐어짠 것이나 다름없다.

"······솔직히 전 진짜 이 가격으로 밀어붙일지 몰랐습니다. 본사에서 하청이랑 가격 협상하려고 좀 낮춰서 불렀다 생각했습니다."

"오 부장. 자네는 소속이 어디야?"

"예?"

"한명물산 오 부장이야. 아님 하청 업체 오 부장이야? 은퇴하고 어디 자리 받아 놨어?"

그 말에 오 부장 얼굴이 새파랗게 질렸다.

"그, 그런 말씀이 아니었는데 오해하셨다면 죄송합니다."

"주제넘은 생각하지 마. 부회장님이 직접 지시하신 오더고, 수정될 일 없다. 하청들이 드러누우면 우리도 새 하청 구해야 하니까 모든 가능성 다 열어 놓으라고."

"아, 예. 알겠습니다.

그리 말하며 김성균은 창밖을 내다봤다.

오늘따라 찝찝하다.

못 하겠으면 못 한다고 하면 되지. 무릎까지 꿇을 게 뭐람.

김성균의 머릿속엔 계속해서 심영수 사장의 침통한 얼굴이 맴돌았다.

۵

―다음 소식입니다. 한명건설에서 일감을 받아 오던 한 하청 업체 사장이 오늘 오전, 유서 한 통을 남기고 스스로 목숨을 끊었습니다.

―유서엔 지나친 공사비 삭감으로 회사가 도산 위기에 빠져 있다 나왔는데요. 실제 이 하청은 적자를 감수하면서까지 3년간 공사를 계속해 왔던 것으로 전해졌습니다.

―왜 적자를 내면서까지 공사를 계속했던 걸까요? 김선민 기자가 전합니다.

―(음성변조) 당장에 적자를 보더라도 하청들은 절대 대기업과 거래 못 끊어요. 언젠간 챙겨 주겠지, 언젠간 나아지겠지 하면서 계속 버티는 수밖에.

―(음성변조) 막말로 우리 같은 중소 건설이 어디 가서 공사를 따오겠어

요? 체급 키울 때까진 무조건 원청 밑에서 일해야 하는 겁니다.

─(음성변조) 죽으라고 등 떠민 거예요. 이 공사에 이 정도 견적이면 원청이 하청 사장 죽인 겁니다.

─한명건설 하청사들과 유가족들은 해당 내용을 검찰에 고발하는 한편, 책임자 엄벌과 재발 방지 대책을 촉구하며 본사 앞에서 삭발 시위를 예고했습니다.

─업계 전문가들은 갑질 문제를 원천적으로 해결할 만한 국회 차원의 법 개정이 시급하다 말하고 있습니다.

↻

"백방으로 알아봤습니다만 아무래도 덮기 힘들 것 같습니다."

비서실장의 보고에 회의실은 차갑게 얼어붙었다.

"유가족들한테 우리 뜻 전달했나?"

"얘기도 못 꺼냈습니다……. 저희 명의로 보낸 조화를 장례식장에서 패대기치더군요. 아무래도 검찰 고발은 강행할 것 같습니다."

상황이 몹시 좋지 않다.

심 사장의 죽음으로 현재 청와대 게시판엔 '갑질방지법'이 청원에 올랐고 하루 20만 명이 서명하는 기염을 토하고 있다.

사람들은 이를 〈한명건설법〉이라고 불렀다. 조용히 덮는다 해도 추락한 회사의 위신은 돌아오지 않을 것이다.

부회장은 깊은 한숨을 내쉬다 미간을 짚었다.

"이거 만약 검찰에서 수사하면 어디까지 털 것 같아?"

"여론이 좋지 않다 보니 수사 강도가 셀 것으로 예상됩니다."

"긴말하지 말고."

"전 계열사 모두 수사 대상입니다. 그간 하청들 특허 빼냈던 거, 단가 내렸던 거 모두 먼지 털 듯 찾아낼 겁니다. 이밖에도 경영상 작은 실수까지 잡아내 어떻게든 책임을 물을 겁니다."

일벌백계.

업계에서 관행처럼 이어져 오던 갑질이 한 번에 심판을 당한다.

인민재판이라고 누굴 탓할 수도 없다.

대기업의 명백한 갑질로 사람이 죽지 않았나?

민감한 여론을 의식한 듯 검찰은 철저한 수사를 약속했고, 정치권도 여야 합심해 관련자 엄벌을 촉구하고 있다.

"그리고 저희 법률팀을 알아봤습니다만…… 박앤장과 을촌 쪽에선 거부해 왔습니다."

막대한 수임료를 제시했지만 대한민국 최대 로펌 두 곳도 손발을 들었다.

이들이 거부했다는 건 1심에서 중형을 막을 수 없단 뜻과 같다.

답답한 보고가 이어지자 부회장이 넥타이를 풀며 손을 휘저었다.

"본부장만 빼고 다들 나가 봐."

회의실엔 또다시 김성균과 부회장만 남게 되었다.

"육시랄─ 사람 하나 죽은 게 뭐 대수라고. 하여간에 한국 놈들 냄비근성은 알아줘야 돼."

부회장은 공연히 큰 소리로 말하다 목소리를 바꿨다.

"당연히 내가 책임져야 할 일인데 하필 상황이……."

김성균은 입술을 깨물었다.

다음에 무슨 말이 나올지는 너무 뻔하다.

부회장은 긴 담배 연기를 내뿜으며 김성균에게 서류 몇 장을 건넸다.

"이거 어차피 자네한테 넘기던 계열사였는데, 지분 작업 일찍 끝났다. 어떻게 보면 이게 또 시기적으로 맞는 것 같고."

이번 사건을 뒤집어쓰란 얘기다.

주기로 했던 자회사 몇 곳 빨리 넘겨줄 테니.

"이런 말 뭣하지만 그냥 출장 한번 길게 간 셈 치자."

"제가 뒤집어쓴다고 해결이 될까요. 오해는 마십쇼. 하기 싫다는 게 아닙니다. 국민들 눈엔 눈 가리고 아웅 하는 꼴로 보일 수도 있습니다."

"눈 가리고 아웅 하는 게 자백하는 거보단 백번 나아. 그리고 저게 얼마나 가겠어? 여론 잠잠해지면 곧 아무도 이 사건 신경 안 써."

그리 말하다 부회장이 눈치를 살폈다.

"본부장. 나 자네 믿어도 되지?"

그룹 경영권이 코앞이다.

본부장이 폭탄을 떠안고 자폭해 주면 직접적인 책임을 피할 수 있다.

"실형은 당연히 피할 수 없겠지요?"

"홍 이사 말로는 1심에서 5년 정도 떨어질 거라더군. 근데 나 그때까지 자네 옥살이 안 시켜. 2심에서 뒤집든, 가석방 특사로 빼든 어떻게든 자네 일찍 구할게."

뻔뻔한 놈.

똥물 튀길까 봐 전전긍긍하는 놈이 시답잖은 약속만 남발한다.

하지만 이제 와 그건 당신 지시였다고 따지고 싶진 않았다.

어찌 됐건 악역을 맡은 건 본인이고, 심 사장의 읍소를 뿌리친 것도 자신 아닌가?

"알겠습니다. 그럼 검찰에 그리 진술하겠습니다."

"노파심에 하는 말이지만 지금 여론이……."

"걱정 마십쇼. 오 부장이 최종 책임자는 저였다고 진술할 겁니다. 하청들한테 지침을 전달한 것도 저였으니, 검찰 수사는 거기서 그칠 겁니다."

김성균이 그리 말하자 부회장 얼굴이 한결 밝아졌다.

"이런, 내가 더 부끄럽구먼. 상투적으로 들리겠지만 정말 고마워. 이 은혜는 절대 잊지 않을게."

"그럼 이만 나가 보겠습니다."

그리 말하며 성균이 나갈 때, 부회장이 그를 다시 불러 세웠다.

"본부장. 그간 고생 많았어. 내가 늘 고마워했던 거 알지?"

어쩐지 좀 거슬리는 인사를 뒤로하고 김성균은 자리를 나왔다.

"당분간은 집 근처에 얼씬도 하지 마. 기자들이 벌떼처럼 대기하고 있을 거야."

"여보."

"내 걱정은 말고 애들이나 챙겨. 회사에 다 매뉴얼이 있으니까 얼마 안 가 잠잠해질 거야."

경부고속도로.

처가로 내려가는 길.

김성균은 부회장과 나눴던 얘기를 아내와 아이들에게 전달했다.

무덤덤하던 아내의 얼굴은 금세 딱딱하게 굳었다.

"그럼 실형은 피할 수 없다는 거야?"

"아무래도."

"그런 게 어디 있어? 당신이 한 일 아니라며! 그럼 부회장님이 책임지셔야지!"

"다 사정이 있으니까 그래. 그냥 긴 출장 간 셈 쳐. 어차피 곧 가석방으로 나올 테니까 너무 걱정 말고."

이를 대가로 한명건설의 자회사 세 곳을 넘겨받았단 얘기는 꺼내지 않았다.

돈 하나 때문에 몸과 마음 자존심까지 팔았단 얘기는 나중에 해도 늦지 않다.

김성균은 자동차 내부 미러로 슬쩍 두 아들들을 봤다.

두 아들 녀석도 이젠 고등학생이다. 대강 세상이 어떻게 돌아가는지는 안다. 뉴스에서 떠드는 갑질의 주인공이 아버지라는 것쯤은 알 나이다.

어쩐지 두 아들 녀석 눈빛이 '살인자'라고 말하고 있는 것 같았다.

김성균은 애써 무시하며 다시 고개를 돌렸다.

"애들 전학은 다 시켰어?"

"그건 문제없는데……. 모르는 번호로 자꾸 문자랑 전화가 와. 애들 번호로도."

"그럼 그냥 번호도 바꿔. 부산에서 딱 1년. 일 정리되면 곧 서울로 올라올 수 있을 거야."

시련은 잠깐이다. 부회장을 대신해 옥살이하고 나오면 한명건설의 계열사 세 곳이 자신을 기다리고 있다.

그렇게 생각하면 그리 억울한 옥살이도 아니었다.

퇴직금을 두둑이 받는 대가로 조금 고된 일을 맡았을 뿐…….

그렇게 위안하는 김성균이었지만 허망한 마음은 감출 수 없었다. 회사를 위해 지금껏 수많은 하청사를 상대로 갑질을 일삼아 왔지만, 사람이 죽은 적은 없었다.

정말 회사를 위해 하청들을 쥐어짠 건가? 아님 부회장이란 줄을 타기 위해 갑질에 동조한 건가?

이 물음엔 자신도 자신이 없었다. 심영수 사장의 읍소하던 얼굴이 뇌리에서 지워지지가 않았다.

"그리고 나 재판 진행하면 검찰에서 내 금융 기록 털 거야. 혹시 몰라 당신 계좌로 옮겨 놓긴 했는데……."

"어, 어? 여보!"

김성균이 무어라 말하려 할 때였다.

자동차가 갑자기 급발진을 하며 무서운 굉음을 내기 시작했다.

"뭐, 뭐야?"

놀란 마음에 브레이크를 연신 밟았지만 자동차 속력은 되레 더 빨라졌다.

공정거래
위원회

빠앙!

그렇게 당황하는 사이, 운전대가 휘청거리며 차가 중앙선을 넘었다.

직감적으로 사고를 막을 수 없단 생각이 든 김성균이 다급하게 말했다.

"다, 다들 안전벨트 매!"

최대한 이성적으로 대처하려 했는데, 그게 마음처럼 되지 않는다.

태어나서 처음 겪는 브레이크 고장이다. 머리카락이 쭈뼛서며 손발이 떨려 왔다.

"왜 그래! 속력 좀 줄여!"

"브, 브레이크가 안 먹혀. 이게 뭐야?"

그러기도 잠시.

역주행으로 달리던 김성균의 차가 전방에서 나타난 승용차와 부딪쳐 완전히 전복되고 말았다.

중형 세단은 사고 지점에서 여섯 바퀴나 더 돌며 고꾸라졌고, 그 뒤에서 달려오던 화물 트럭과 2차 추돌하며 형체를 알아볼 수 없을 만큼 찌그러져 버렸다.

◶

—다음 소식입니다. 갑질 논란에 휩싸인 한명그룹 김성균 본부장이 어

젯밤 고속도로에서 2중 추돌 사고를 냈습니다.

　―경찰은 김 씨 차량이 중앙선을 넘어 도로를 역주행했다고 전했는데요. 위 사고로 김 씨 일가족 네 명이 숨지고, 피해 차량 운전자가 중상을 입었습니다.

　―(도로교통과) 차량은 한명그룹의 관용 차량이었고, 특별한 결함은 찾아볼 수 없었습니다. 현재 저희 경찰은 운전 미숙으로 인한 단순 사고로 파악하고 있습니다.

　―한편 검찰은 김성균 본부장의 집을 수색해 가족 명의의 위조 여권을 발견했습니다.

　―김 씨 통화 기록엔 밀입국 브로커와 접선을 했던 정황도 나와 있었습니다.

　―(검찰) 금융 기록에 따르면 이미 아내 명의로 재산을 이전한 정황이 발견되었습니다. 이에 저희 검찰은 해외로 돈세탁된 정황이 있는지 파악하고 있습니다.

　―한편 사고를 당한 피해 차량은 공정거래위원회 소속 신입 사무관이었던 것으로 확인됐습니다.

　김성균의 사고 소식은 그날 새벽 뉴스 특보로 보도되었다.
　일가족 네 명이 참상을 당했지만 여론은 냉담하기만 했다.

　―하청들 쥐어짜더니, 결국 말로는 개죽음이네?
　―야반도주하다 가족들까지 죽였어?

−그래 저승에서라도 피해자한테 사과해라. 퉤!

죽음을 애도하기는커녕 천벌이 내렸다는 분위기가 팽배했다.

−가택에서 발견된 위조 여권과 밀항선 티켓은 뭐야?
−끝까지 제 살길만 찾네. 더러운 놈.
−피해 차량은 무슨 죄냐? 아직 서른도 안 된 공정위 사무관이라는데, 진짜 하늘도 무심하다.

※

"잠시만요. 잠시만요."
연희대학교 응급실.
공무원증을 매단 무리가 좌우를 해치며 서둘러 간호사를 찾았다.
"이준철 팀장…… 아니, 이준철 환자 지금 어디에 있습니까?"
다급한 목소리에 간호사는 서둘러 차트를 뒤졌다.
중환자실이다. 그것도 아직 보호자가 나타나지 않은.
"보호자세요?"
"공정거래위원회 김기남 반장이라고 합니다. 직장 동료고요."

"보호자는요? 이분 왜 보호자하고 연락이 안 닿아요?"

"연고자가 없는 분입니다. 지금 만나 볼 수 없습니까?"

간호사가 한숨을 쉬었다.

한시가 급한 상황에 무연고자라니.

"죄송하지만 현재 중환자실에 혼수상태로 있습니다. 보호자 외에 면회는 안 되고요."

"연고자가 없는 분이라니까요. 어떻게 얼굴만 뵐 수 없습니까?"

간호사는 잠시 고민하다 인터폰을 들었다.

"잠시만 계세요. 일단 위에 여쭤보고 다시 말씀드릴게요."

그녀가 떠나자 무리 중 한 사내가 걱정스레 말했다.

"반장님. 아직까지 혼수상태면 팀장님 매우 위독하단 거 아닙니까?"

"면회 허락된다 해도 겨우 얼굴만 보고 나올 수 있을 겁니다."

세상 사람들은 악인에게 천벌이 내렸다 하지만, 피해자에 겐 날벼락이 따로 없다.

피해 차량은 앞날이 창창한 젊은 사무관(5급 행시)이다.

세종시 출장길에서 돌아오다 이게 웬 비명횡사란 말인가?

다들 불안한 기색을 감추지 못할 때 사내가 다시 말했다.

"이 상황에서 말하기 뭣하지만……. 지금 우리가 맡고 있는 대성중공업 건은 접어야 합니까?"

"수사 지연되면 제보자가 불안감을 느낄 텐데요."

"그사이 대성중공업이 회유를 할 수도 있습니다."

"……지금부턴 시간 싸움인데."

김기남 반장은 착잡한 표정을 뒤로하고 말했다.

"답답한 마음은 나도 같은데, 일 얘긴 나중에 하자. 일단은 팀장님 상태부터."

그리 말할 때, 간호사가 다시 달려왔다.

"주치의 선생님께서 면회 허락하셨어요. 근데 혼수상태로 아직 의식이 없어요."

"얼굴만 뵐 수 있으면 됩니다."

그리 말하며 김기남 반장이 고개를 돌렸다.

"박 조사관. 일단 우리 사건 과장님께 넘기고, 최대한 사정 설명해."

"아, 예."

"팀장님은 내가 뵙고 올게. 대성중공업 얘긴 나중에 하자."

&

"김 부장님. 이 가격에 출시하면 저흰 한 대 팔 때마다 적 자가 10%입니다."

"그러니까 더욱 몰아쳐야 할 거 아니야. 이 시장 독점하면 수십 배의 이익으로 돌아와. 위에서 시킨 일이니까 그냥 해."

"김 상무님. 이건 사실상 산업스파이 아닙니까? 중소기업 특허 빼다 걸리면 소송에 휘말릴 수도 있습니다."

"법대로 가면 우리가 더 유리해. 다 믿을 만한 사람들한테 자문 구하고 내린 결정이라고."

"본부장님……. 이거 아무리 하청 근로자의 사고라 해도, 산재 처리는 저희 쪽에서 해 줘야 하는데요."

"그냥 하청사한테 가서 잘 좀 해 보라 그래. 불편한 분위기 풍기면 그쪽에서 다 알아들어."

"아무리 그래도 이건……."

"아, 거참. 위에서 다 판단 내리고 시킨 일이니까 그냥 해!"

사람이 죽을 때 주마등이 스쳐 간다 했던가?

저승 문턱에서 스쳐 간 내 기억들은 전부 회사와 관련한 기억들뿐이었다.

이 기억엔 당사자인 나조차도 놀라웠다.

내가 '위에서 시켰다'는 말을 그렇게 달고 살았는지 처음 알게 됐다.

평사원으로 회사 생활을 시작한 나는, 그룹 내 전 계열사를 돌아다니며 묵묵히 악역을 도맡아 왔다.

중소기업 경쟁사를 말려 죽일 때도.

특허를 빼낼 때도.

하청사 근로자에게 사고가 생겼을 때도.

공정거래
위원회

나는 늘 한명그룹의 해결사 노릇을 했다.

나도 양심에 부끄러웠던 적이 많았지만 오직 회사를 위한 일이었다.

이렇듯 인간성을 포기한 대가로, 나는 동기보다 훨씬 더 빠른 진급을 했다.

입사보다 더 어렵다는 임원 승진을 15년 만에 달았고.

핏줄도 되기 힘들다는 부회장 자리에 앉기 직전…… 이렇게 사고가 나고야 말았다.

그렇게 생각하면 참 인생 덧없는 것 같다.

불철주야 회사의 이익만을 생각하는 나였지만 아이러니하게도 나는 사내에서 평판이 그리 좋지 않았다.

본격적으로 부회장 라인을 타고 나서부터 난 저승사자로 변했다.

손에 든 것은 뭐든 쥐어짜 낼 수 있는 나다. 같은 실적을 내도 내가 손대면 영업이익(순이익)이 늘었다.

하청사를 쥐어짜면 원청의 순익이 늘어났으니 말이다.

"부장들 잘 들어! 당신들 월급 주는 게 한명그룹이야 하청이야? 인센티브 받아 갈 땐 당연한 듯 받아 가더니, 겨우 이깟 일도 못 해? 그게 고까우면 일 잘해서 실적이라도 늘리든가!"

"……."

"능력이 없으면, 인간성이라도 포기해라. 이렇게라도 이익을 늘려야 네들 인센티브에 10원 한 장이라도 더 들어가는 거야. 이것도 못 하겠으면 옷 벗어!"

그 말에 사표를 냈던 부장이 몇 명인가?

인건비를 아끼기 위해 해고시킨 직원들 수는 손으로 헤아릴 수도 없다.

인간이 할 짓은 못 되지만 늘 악역을 맡아 온 나에겐, 익숙한 일이기도 했다.

하지만 눈을 뜨고 일어났을 땐 전혀 익숙하지 않은 상황이 나를 기다리고 있었다.

"어? 이준철 씨? 정신이 드세요? 이준철 씨?"

눈을 떠 보니 난 인공호흡기를 달고 있었다.

"……여기가 어딥니까?"

"중환자실이에요. 사고를 당하셨습니다. 기억나세요, 이준철 씨?"

"뭐라고요……? 가족들은요…… 애들과 애 엄마는요?"

다급하게 가족부터 찾았다.

하지만 간호사의 반응이 영 이상했다.

"상대 차량 일가족은 모두 현장에서 사망했습니다."

"예? 누가 죽어요?"

"일단 고정하세요. 사고 원인은 김성균 씨의 차량이 도로를 역주행한 거고, 이준철 씨는 피해 차량이었습니다."

"예?! 누가 죽어요?!"

"어…… 어! 선생님. 환자분 다시 의식을 잃었습니다."

김성균은 죽고 나는 이준철이 되어 있었다.

그 뒤 나는 자의 반 타의 반 현실을 인식하긴 했지만, 한 달간이나 식음을 전폐했다.

이런 기연이 왜 내게 일어났는지는 중요하지 않았다.

가족들이 죽었다. 내가 죽인 것이다.

"최영석. 너 이 새끼……!"

그리고 나는 잠들어 있던 한 달간 무슨 일이 벌어졌는지 소상히 알게 되었다.

뉴스에서 나는 회사 관용차를 타고 도망간 도둑놈이 되어 있었고. 밀항을 준비한 밀입국자가 되어 있었다.

혹시 몰라 아내에게 옮겨 둔 돈은 해외 계좌로 송금할 돈세탁 계좌가 되어 있었다.

나도 모르는 밀입국 티켓과 위조 여권이 내 집에서 발견되었다고 한다.

이게 말이나 될 소린가?

아니라고 항변하고 싶지만 때는 늦었다. 이미 김성균은 죽고 없었다.

"너…… 너!"

그리고 난 그제야 왜 그날 브레이크가 말을 안 들었는지 깨달았다.

단순한 브레이크 사고가 아니었던 것이다.

나의 죽음 뒤엔 분명 부회장의 지시가 숨어 있었을 터다.

하지만 모르겠다.

도대체 왜? 10년 동안 충견처럼 굴었던 나를 왜?

설마 나한테 주기로 한 계열사 지분 몇 푼이 아까워서?

"으악!"

배신감에 치가 떨렸다.

부회장 대신 감방살이까지 할 각오를 한 나다.

심지어 나는 심 사장을 내가 죽였단 죄의식까지 가지고 있었다.

그런 나를 도마뱀 꼬리 자르듯 무심하게 떨쳐 내 버린 것이다.

"죽여 버린다."

그렇게 이를 갈던 때였다.

─다음 소식입니다. 한명그룹 사건의 피해자 장남 심영석 씨가 벌써 보름째 단식투쟁을 이어 나가고 있습니다. 심 씨는 '갑질방지법' 통과를 촉구하며, 더 이상 아버지와 같은 피해자가 나와선 안 된다고 거듭 강조했습니다.

─이번을 기회로 국회에서 갑질방지법이 통과될지 귀추가 주목됩니다.

뉴스에서 매우 익숙한 얼굴이 등장했다.

나 때문에 죽은 심 사장 아들이 의사당 앞에서 1인 시위를 하고 있었다.

심 사장과 매우 똑같은 얼굴에 섬뜩할 지경이었다.

그때 난 생각했다.

내가 당한 게 그렇게 억울한가?

아니, 나는 억울할 자격이 있나?

결국 하청들을 쥐어짜고, 그들의 특허를 도용한 건 나다. 나 또한 부회장이란 동아줄을 타기 위해 같이 돌팔매질하던 망나니일 뿐이다.

그런 생각에 이르니 분노가 죄책감으로 변했다. 내 자신이 부끄러워 TV 화면조차 제대로 볼 수 없었다.

"후우……."

생각해 보면 나는 억울할 자격이 없는 사람이다.

따지고 보면 하늘의 천벌을 받은 나보다, 공연히 옆에 있다 피해를 입은 이 몸의 진짜 주인이 더 불쌍하다.

하늘은 왜 내게 덤으로 이런 인생을 살게 하셨나?

겨우 한명그룹에 복수나 하라고?

긴 생각 끝에 나는 창밖을 바라봤다.

참회하고 살다 보면 언젠간 답을 알 수 있으려나?

질 끝판왕 사망

한명그룹
김성균 본부

이준철

"그럼 대성중공업 건은 이대로 끝?"

"예. 고발인이 민원 취하했습니다."

"공정위에서 조사 안 하면 언론에 폭로하겠다더니, 갑자기 왜?"

"아무래도 그사이에 원청이랑 합의한 모양입니다."

공정거래위원회 종합감시국.

이곳은 대기업들의 갑질, 담합, 독점 등 시장의 모든 불공정행위를 조사하는 곳.

……으로 알려졌지만 사실상 공정위 민원 부서로 통했다.

주로 갑질당한 하청들이 보복성 투서를 날리는 곳이었기 때문이다.

이번에 문제가 된 대성중공업 건도 그랬다.

하청 근로자가 현장에서 사고를 당해 전치 50주 진단을 받았다고 한다.

하지만 대성중공업은 (산재)보험 처리 안 시켰고, 제보자는 이를 모두 사비로 치료했다고 한다.

그러나 막상 조사가 시작되고 3개월이 지난 지금.

익명의 제보자가 일방적으로 민원을 취하해 버렸다.

뒤늦게 보험 처리해 준 건지, 아니면 처음부터 자기가 잘못 알고 있었는지 알 도리가 없다.

"그럼 우리만 꼴이 우습게 됐네? 이거 산재 은폐 혐의로 검찰에 넘기지 않았어?"

"예⋯⋯. 검찰에 연락해 고발 철회해야 할 것 같습니다."

김기남 반장은 과장님 앞에서 차마 얼굴을 들 수 없었다.

이번 수사를 강력히 뜯어말렸던 사람이 바로 오 과장이었기 때문이다.

"그러니까 익명 제보 가지고 수사 함부로 하지 말라는 거야. 이런 민원 한두 번 상대해 봐?"

원청도 독하지만 하청도 수준 이하인 곳이 많다.

원청이 다른 하청사 구하면 보복성 민원을 넣기도 하고, 엄한 데서 다치고 보험 처리해 달라고 우기는 경우도 많다.

좌우간 분명 하자가 있는 주장이니 제보자가 꼬리를 감췄으리라.

공정거래
위원회

"송구스럽습니다, 과장님."

"이거 담당자 이준철 팀장이지?"

"예, 그렇습니다."

오 과장은 짧게 혀를 찼다.

"내 긴말 안 해. 근데 김 반장도 알잖아? 행시들 나이 어려서 의협심 넘치는 거. 앞으론 이런 일 있으면 경륜 있는 사람들이 말려."

오 과장은 하고 싶은 말이 잔뜩 많았지만 그쯤 멈췄다.

죽다 살아 돌아온 부하 직원에게 첫날부터 잔소리를 퍼붓고 싶진 않았다.

"뭐 그래도 이렇게라도 해결됐으니 다행이고. 이 팀장 오늘부터 출근이지?"

"예, 그렇습니다."

"상태는 어떤 거 같아?"

"머리를 크게 다친 것 같더군요. 한동안은 저희 얼굴도 못 알아봤습니다."

"쯧쯧— 사람 얼굴도 분간 못 하면 얼마나 다친 거야. 그래서 지금은?"

"재활치료하면서 많이 나아진 것 같습니다. 지금은 저희 얼굴도 알아보고 업무 내용도 기억합니다."

과장은 서류판을 돌려주며 고개를 저었다.

"그럼 검찰에 고발 철회하는 건 김 반장이 잘 처리해. 이 팀장 컨디션 회복될 때까지 자네가 팀장이다 생각하고."

"아, 예."

"한동안 머리 아픈 업무 안 내려 줄 테니까 뒷수습만 제대로 해."

'이준철…… 이준철…….'

준철은 한동안 어색하게 자기 이름을 되뇌었다.

재활치료까지 총 2개월.

그간 이 몸의 진짜 주인에 대해 파악했다.

지방대를 겨우 졸업하고, 행시를 패스한 인물로 직업은 공정위 사무관(팀장)이다.

특이 사항으론 가족이 없는 천애 고아라는 것.

유복한 환경에서 자라, 서울대를 졸업하고 국내 최대 기업 임원까지 지낸 전생과 완전히 다른 인생이다.

'지하철도 오랜만이네.'

덤으로 사는 인생이라서 그런가?

전생에선 불편하게 느껴졌던 평범한 일상이 외려 더 감사하게 느껴진다.

답답한 병원을 벗어난 해방감도 한몫했으리라.

"어, 이 팀장님. 출근하셨습니까?"

여의도역에서 내려 공정위 서울 사무소로 향할 때, 누군가 알은척을 해 왔다.

"아, 네. 박 조사관님."

김 반장 다음으로 병원에 가장 많이 찾아온 사내였다.

그는 올 때마다 늘 업무 보고를 해 주었는데, 사실 한마디도 기억이 나질 않는다.

"몸은 좀 괜찮으세요?"

"덕분에 많이 회복했습니다."

"그래도 재활치료는 좀 더 하셔야 하는 거 아닙니까?"

"거기 오래 누워 있으면 없던 병도 생길 것 같아서요."

"그래도 며칠 더 쉬다 오시지. 하필 복귀해도 오늘 같은 날에."

"오늘이 왜요?"

"대성중공업 건 때문이죠. 오늘 반장님이 과장님께 보고하기로 했습니다. 아마 수사 철회 떨어질 거예요."

준철은 그제야 그가 매일같이 말해 주던 업무 내용이 기억났다.

대성중공업.

현재 하청 근로자의 산업재해를 은폐했다 의심받는 곳.

제보자가 무려 전치 50주의 부상을 입었고, 산재 처리를 안 해 총 3천만 원의 치료비가 들었다고 한다.

만약 원청에서 이런 사건이 터졌으면 노조가 들고일어났

겠지만, 제보자는 을 중의 을 하청 근로자였다.

'이런 건 절대 잡기 힘든데.'

참으로 불쌍한 존재들이다.

갑질에 대응할 만한 노조가 있는 것도 아니고, 법이 유리한 것도 아니니.

현장에서 사고가 터져도 하청 사장들은 입단속하기 바쁘다. 원청에 이런 사고를 보고하면 일감을 끊어 버릴 수도 있기 때문이다.

'혈기 넘치는 팀장이었군. 나였으면 건들지도 않았을 텐데.'

공정위에서 조사하면? 그때 가서 보상해 줘 버리면 된다.

덮을 수 있는 건 최대한 덮어 보고, 정 문제 커지겠다 싶으면 선심 쓰듯 당근 하나 던져 주는 것이다.

"그러니까 사무실 분위기 우중충해도 그냥 그러려니 하세요."

"네. 모쪼록 죄송하게 됐네요."

"죄송은 무슨. 어휴, 제가 첫날부터 너무 암울한 얘기만 했네요. 들어가시죠."

↻

첫 출근한 공정위 사무실은 마치 고향집에 돌아온 듯한 착각을 주었다.

이준철이란 사람의 기억이 떠올라서가 아니다.

한명그룹에 있을 때 교무실 불려 가듯 왔던 게 바로 이곳 공정위였기 때문이다.

'1년에 두 번씩은 꼭 왔었나?'

갑질로 소환되는 건 매년 한 번씩 있는 연례행사였다.

협력 업체 특허를 도용해 소환된 적도 있다.

가격 담합하다 소환된 적도 있다.

경쟁사 말려 죽이려고 끼워팔기, 밀어넣기 하다 불려 온 적도 있다.

하지만 단 한 번도 여기서 검찰까지 넘어가 본 적은 없었다. 과징금이 떨어져도 부당 행위로 번 이익금이 수십 배는 더 많았다.

'격세지감이네. 여길 참고인이 아닌 직원 신분으로 오다니.'

그런 반가움(?)으로 1팀에 도착하니, 금방 우중충한 분위기가 엄습했다.

김기남 반장은 짧게 목례하고 준철에게 서류를 내밀었다.

"건강은 좀 어떠세요."

"걱정해 주신 덕분에 잘 회복했습니다."

"다행이군요. 그…… 말씀드렸던 대성중공업 건. 오늘 과장님께 보고드렸습니다."

그가 내민 서류를 펼쳐 보니 '민원취하'라는 빨간 글씨가 도드라지게 보였다.

"다행히 그냥 끝내라고 하시더군요."

"죄송합니다. 저 때문에 괜히."

"아닙니다. 팀장님께서 사고만 안 당하셨으면 충분히 해 볼 만한 거였는데요. 아무튼 저희가 검찰에 고발했던 것도 취하해야 할 것 같습니다."

"알겠습니다. 그럼 곧 결재해 드리죠."

그렇게 자리로 돌아와 직인 도장을 찾을 때였다.

'응?'

[저는 대성중공업 하청 근로자로 업무 중…… 무릎 연골 파열…… 전치 50주…….]

제보 내용 중 몇 문장이 유독 눈을 사로잡았다.

[당시 안전사고가 터지면, 원청 담당자의 진급에 방해가 된다 들었습니다.]

[하여 3천만 원가량 되는 병원비를 사비로…….]

[뒤늦게 보상을 요구했지만 산재 상해가 아니란 답변을…….]

[오히려 제가 안전 수칙을 어겼기 때문에 사고가 발생했다며 부당 해고를…….]

공정거래
위원회

그러던 중 이상한 증상이 찾아왔다. 제보 내용 문장들이 흔들렸고 극심한 두통과 함께 차츰 시야가 뿌옇게 변했다.

"으, 윽."

두통은 곧 신음을 참기 힘들 만큼의 통증으로 바뀌었다. 그리고 그렇게 머리를 쥐어뜯고 있을 때. 주변에서 갑자기 이상한 소리가 들려왔다.

"전치 50주짜리 부상이라."

얼굴이 보이지 않는 한 남자의 목소리였다.

"그래서 공정위에 신고했던 문제는 잘 해결했어?"

"네. 그쪽 사장한테 잘 말했습니다."

"순순히 알아들어?"

"이 사고 산재 처리하면 다음에 다른 하청사 구한다고 겁 좀 줬습니다. 그러니까 알아듣더군요."

보고를 듣던 남자가 탁자를 쳤다.

"말세다. 하청 사장이 원청을 고발하기나 하고."

"사정을 들어 보니 하청 사장도 몰랐던 것 같습니다."

"그럼 다친 놈이 단독으로 고발했다는 거야?"

"예. 장 사장은 우리 입장을 설명하려고 무진 애를 썼습니다. 거듭 죄송하다더군요."

대화를 들어 보니 이게 무슨 대화인지 알 것 같았다.

"하여간 어차피 꼬리 내릴 거 왜 이렇게 복잡하게 가는지 몰라 쯧쯧. 그래서 그놈은 어떻게 잠재웠어?"

"사비로 낸 병원비 보상해 주는 조건으로 민원 취하했습니다. 아, 저희가 다 내준 건 아닙니다. 저희랑 하청사가 각각 천만 원씩 부담하기로 했습니다."

"병원비는 총 3천이라며 그럼 나머지 천은?"

"안전 수칙 어긴 거 몇 개 잡아서 과실 씌웠습니다. 당사자도 군소리 없더군요."

"흐허허. 하여간 우리 김 부장 일머리 좋아."

사내는 비열하게 웃으며 어깨를 토닥였다. 시야가 희뿌옇게 변해 잘 알아볼 순 없었으나 실루엣은 확실하게 보였다.

"다시 말하지만 우린 이런 사소한 것 하나하나 조심해야 돼. 이거 하나 산재 처리 시켜 주면 다른 하청 놈들까지 다 달라붙는다고."

"물론입니다. 최선을 다해 막고 있습니다."

준철은 이 대화가 무슨 대화인지 금방 눈치챌 수 있었다.

제보 내용의 뒷얘기인 것이다.

수사 당국도, 제보 당사자도 알 수 없는 원청사 간부들의 뒷얘기.

그런 생각을 할 즈음 희뿌옇던 세상이 점차 사라졌고, 지독한 두통도 차츰 줄어들기 시작했다.

"어? 팀장님. 왜 그러십니까."

준철의 신음에 반원들이 벌떡 일어나 달려왔다.

"아닙니다. 죄송합니다."

"하이참. 몇 달 더 쉬셔야 하는 거 아닙니까?"

"머리 부상은 후유증이 오래가요. 그러지 말고 오늘 병가 내시죠."

반원들의 걱정은 귀에 들어오지 않았다.

몸이 뒤바뀐 것도 적응할 수 없는데, 난데없는 이상 증상 이다.

'역시. 참회하면서 살라는 건가?'

단순히 머리를 다쳐 헛것을 본 게 아니다. 그들의 목소리 는 옆에서 들었던 듯 생생했고, 대화 내용 또한 적나라했다.

단순히 산재 처리를 은폐한 게 아니라, 사비로 낸 병원비 까지 깎지 않았나?

―제발 한 번만…… 대성중공업에서 일감 끊으면, 우린 다 죽어. 이 돈으로 만족하자.

이런 대화는 듣지 못했지만, 하청 사장은 왠지 이 제보자 에게 그리 말했을 것 같다.

자신의 입장을 대변해 줘야 할 사장님이 되레 원청 편을 들어 줬다면 어떤 기분이었을까?

민원이 왜 중간에서 취하된 건지 알 수 있을 것 같았다.

"아닙니다. 전 괜찮아요."

"그래도 일단 병원이라도 가 보시는 게······."

"그보다 반장님. 이 사건을 왜 그냥 덮는 겁니까?"

준철의 물음에 다들 당황한 얼굴을 감추지 못했다.

"예?"

"50주짜리 진단서, 사비로 낸 병원비, 담당자랑 얘기 나눴던 모든 기록이 다 있는데. 이걸 왜 여기서 덮어요?"

"그야 당사자가 민원을 취하했으니······."

"민원과 별개로 검찰은 수사 들어가야죠. 갑질 사건이 아니라 형사사건 아닙니까?"

갑질은 친고죄지만 산업재해 은폐는 엄연한 형사사건이다.

지금은 피해자가 제시한 완벽한 증거들까지 있다.

살인 사건이라 치면 시체 발견되고, 범행 도구 나왔고, 용의자까지 나온 시점이다. 근데 이걸 왜?

"아무리 형사사건이라 해도 피해자가 없어지면 사실상 수사 진행 어렵습니다. 그리고 제보자가 낸 진단서도 조작됐을 확률이 크고요."

"허위 진단서는 사문서위조입니다. 제보자가 자충수를 두진 않았을 것 같은데요."

"진단서 자체가 사실이라 해도 거짓말할 건수는 많죠. 본인 부주의로 사고를 당했거나, 아니면 정말 산재 처리가 안 되는 방식으로 다쳤거나."

"출근길에 당한 교통사고도 산업재해로 인정하는 게 현 법원 판례예요. 현장직 노동자가 산재 처리 안 되는 방식으로 다치는 게 더 이상할 겁니다."

준철이 뜻을 꺾지 않자 김기남 반장이 불안한 얼굴이 되었다.

"팀장님. 무슨 말씀이 하고 싶은 겁니까?"

"이 사건 더 파 보죠. 조사 시작하니까 원청에서 부랴부랴 입 막았겠네요. 제보자는 합의금 받고 취하했을 테고."

"어찌 됐건 그럼 끝 아닙니까? 결국 양자가 합의했단 건데."

"그러니 우린 다른 사건을 더 파야죠. 전치 50주짜리 사고를 덮을 정도면, 이놈들 5주짜리 진단서는 아예 취급도 안 했다는 겁니다."

"설마 지금 여죄를 캐겠단 말씀이십니까?"

"네. 다른 하청 근로자 중에서도 분명 피해자가 더 있을 겁니다."

준철의 돌발 발언에 사무실이 일순간 얼어붙었다.

두 달간 식물인간이었던 사람이 갑자기 이 무슨 말인가? 대성중공업이면 하청사만 수십 곳이다. 그걸 다 뒤엎겠다는 건가?

사뭇 달라진 준철의 분위기에도 적응할 수 없었다.

평소 이준철 팀장은 말수가 적고 어떤 면에 있어선 소극적이기까지 했다. 실무 경험이 얼마 되지 않아 늘 자신의 생각이 맞는지 묻곤 했다.

하지만 죽다 살아온 지금.

말투엔 자신감이 넘치고 반대 의견에도 쉽사리 뜻을 꺾지 않는다. 단순한 패기가 아니라, 판례까지 인용하며 김 반장의 말문을 막아 버렸다.

"하지만 팀장님……. 이미 과장님께서 종결하라 했고, 팀장님이 병원에 계시는 동안 시일도 많이 늦어졌습니다."

"반장님께선 덮고 싶으세요?"

"제보자가 연락 두절된 지 오래입니다. 그런 마당에 판을 더 키우자 말씀하시니 우려스럽습니다."

"맞습니다, 팀장님. 제보자도 중간에 민원 취하했는데, 다른 하청사라고 다르겠어요?"

"설사 진짜 산업재해 은폐가 있었다 해도 하청들은 절대 진술 안 할 겁니다."

원청을 처벌해 주면 하청들이 환영할까?

애석하게도 현실은 정반대다.

조사가 시작되면 갑질당하던 하청들이 되레 원청을 변호해 준다. 부당한 대우보다 더 두려운 건 바로 일감을 끊어 버리는 것이다.

"꼭 그렇지만도 않아요. 하청들이 부당한 대우와 갑질을 참았던 건 조사 당국에 대한 편견, 아니 신뢰가 없기 때문입니다."

"무슨 말씀이십니까?"

"우리가 대충 수사하다 끝날 거라 생각하니까 진술 못 하는 거죠. 만약 형사 입건하고 전면 조사까지 들어간다면 하청들 하고 싶은 말 엄청날 겁니다."

관건은 분위기 조성이다.

지금은 대성중공업이라는 엄석대가 있지만, 이보다 더 큰 존재가 등장하면 밑에 있던 하청들이 모두 엄석대를 고발할 것이다.

그게 얼마나 피곤한 일인지 준철은 누구보다 잘 알았다.

한명그룹에 있을 때도 종종 하청들의 반란이 있곤 했다.

노동자도 한 사람이면 만만하지만, 그들이 노조가 되면 무섭듯. 하청사가 단체 행동을 시작하면 여간 까다로웠던 게 아니었다.

"신뢰만 확보하면 됩니다. 우리가 이 문제를 얼마나 심각하게 여기고 있는지. 고용부와 근로복지공단에까지 고발하면 우리 의지는 확인할 겁니다."

노동고용부와 근로복지공단에 고발? 설마 행정명령까지?

당황하던 반원들 얼굴엔 이젠 핏기마저 가셨다.

"팀장님. 굳이 이렇게 할 이유가……."

"우리가 여기서 덮으면, 전치 50주까진 덮을 수 있겠구나 싶을 겁니다. 그럼 다른 하청사들은 어떻게 생각하겠어요?"

"……."

"어지간히 다쳐선 아예 산재 청구도 안 할 겁니다. 그럼 지금부터 이 전치 50주가 기준점이 되는 거예요."

이상 증상에서 본 놈들의 대화가 확신을 주었다.

이들은 사람을 불구로 만들어 놓고도 책임을 끝까지 피했다. 3천이란 돈이 아까워 이마저도 근로자의 과실을 철두철미하게 따졌다.

이건 그깟 3천만 원이 아까워서가 아니다.

선례를 남겨 두면 다른 하청사가 다 보상을 요구하기에 미리 진압을 해 버린 것이다.

쥐 죽은 듯 고요해진 분위기 속에 준철이 서류를 들고 말했다.

"과장님께 보고드리는 건 제가 직접 하겠습니다."

"……해서 검찰에 고발은 취하하지 않기로 했습니다."

"장황한 설명은 됐고. 그러니까 지금 이 수사 계속하겠다는 거지?"

해당 내용을 과장님께 보고하자 날카로운 반응이 돌아왔다.

"아니지 이거. 고용노동부랑 근로공단에까지 고발을 넣었네?"

고용노동부는 '작업 중지 명령'까지 내릴 수 있는 곳.

사건을 덮으라고 지시를 내렸는데, 젊은 놈이 갑자기 판을 키워서 돌아왔다.

머리를 크게 다친 게 아니라, 아예 정신이 돌아 버린 것 같다.

"이유가 뭐야?"

"이 정도 액션은 취해야 대성중공업이 더 이상 은폐를 시도하지 않을 겁니다."

"은폐?"

"예. 여러 정황을 살펴봤는데, 산재 사고 은폐한 건 사실 같습니다. 전치 50주짜리 사고를 덮을 정도면 그간 덮어 왔던 사건은 더 많을 것이라 판단됩니다."

오 과장이 긴 한숨을 쉰다.

"단순한 추측 가지고 이거 너무 과잉 대응 아니야?"

"제보자가 민원 취하한 걸 봐선 외압이 상당하단 겁니다. 그리고 이건 우리가 적극적으로 나서야 다른 하청 직원들이 수사에 협조해 줄 겁니다."

"협조? 우리가 소극적으로 나가면 다들 입 다문다 이건가?"

"예. 이번 민원도 같은 맥락일 겁니다. 어차피 고발해 봤자 근본적인 해결이 안 된다. 돈 몇 푼이라도 줄 때 합의하자. 이런 게 복합적으로 작용해 저희가 수사 실패한 것 같습니다."

물러섬 없는 모습에 오 과장도 예의 진중한 표정이 되었다.

감정에 치우친 과잉 수사가 아니라, 근거가 확실한 정석 수사다. 1차 수사가 왜 실패했는지까지 점검해 그에 대한 대안책을 가져왔다.

"이 팀장…… 너 진짜 자신 있냐? 행정명령 떨어졌다가 혐의 없음으로 결론 나면 이거 시말서론 안 돼. 과잉 수사로 우리가 대성한테 당할 수도 있어."

"과장님. 그냥 사건 자체만 봐 주십쇼. 진단서, 병원비 내역, 대화 기록까지 있습니다. 산재 은폐가 이거 하나였다는 게 더 이상한 걸 겁니다."

오 과장은 긴 한숨을 내쉬더니 준철을 물끄러미 바라봤다.

"그럼 이거 수사 어떻게 진행하게?"

"일단은 제보자가 누구인지를 파악하는 게 좋을 것 같습니다."

"그게 어렵다는 거 아니야. 대성중공업에서 하청 받아 가는 기업이 수십 개는 될 텐데, 여기 다 돌 거야?"

"한 서너 곳 치면 금방 누군지 압니다."

"뭐?"

"하청사들 정보 빠릅니다. 원청에서 이런 사건 터졌는데,

지금까지 다른 하청사가 모를 리 없어요. 서너 곳 돌면 대강 어느 하청사에 어느 직원이었는지까지 알 수 있을 겁니다."

하청사.

이들은 원청 담당자에게 달마다 술을 사고, 때론 회사 카드를 주고 사적인 회식비까지 챙겨 주는 사람들이다.

속된 말로 담당자가 마누라랑 언제 싸웠는지까지 알 만큼 원청의 동태에 예민하다.

지금 이 사고가 어디서 터졌는지 파악하는 건 시간문제.

준철의 자신감 넘치는 대답에 오 과장은 눈빛이 변했다.

뭔가 이상하다.

젊은 사무관들이 대개 그렇듯 이들은 한 3년간은 예스맨으로 산다. 위에서 내려온 지시를 거스르는 경우가 없고, 같은 과 반장이나 조사관들이 내는 의견에도 쉽게 흔들린다.

하지만 오늘 본 준철은 자신감이 넘쳤고, 자신의 의견에 근거 또한 풍부했다. 갑자기 풍겨 오는 이 노련한 통찰력은 말로 설명할 길이 없었다.

"과장님, 재가해 주십쇼. 이 사건 저희가 시간 싸움에서 졌지, 범죄 행위란 것 자체는 변함없습니다."

"흠……."

"최대한 빨리 제보자 신원 확보하고, 다른 유사 사례 없었는지 파악하겠습니다. 만약 산재 은폐 혐의가 더 있었다면 이 피해자들을 규합하는 것만으로도 충분한 힘이 됩니다."

만약 대성중공업의 산재 은폐가 더 있었다면?

신문에 대서특필될 뉴스감이다.

한동안 고민하던 오 과장의 대답이 떨어졌다.

"좋아. 그럼 해 봐."

"감사합니다."

"근데 이 팀장. 안 본 사이에 좀 딴사람이 된 것 같아?"

"박 조사관님. 검찰에 넘긴 고발장 다시 작성해 주세요. 이 거 너무 젠틀해요."

"영장 때문에 그러시죠?"

"네. 불구속 수사로 절대 못 잡습니다."

"알겠습니다. 증거 인멸의 우려가 크다고 팍팍 어필하죠."

"김 반장님은 오늘 내로 노동부랑 공단에 고발 넣어 주세 요."

"근데 팀장님. 작업 중지 명령이 떨어지려면 사망 사건 같 은 사유가 발생해야 합니다만."

"현장 근로자가 전치 50주의 상해를 입을 정도면, 안전 수 칙도 개판이었다는 겁니다. 영장 나오면 이거 다 증거 모을 수 있으니, 일단 고발부터 해 주세요."

과장님의 허락과 함께 수사가 재개됐다.

준철은 고용노동부와 근로복지공단에 추가로 고발을 넣었다. 이 두 곳은 검찰보다 더 무서운 행정명령권을 가진 기관이다. 재판은 3심까지 최소 2년 이상을 끌지만 행정명령은 두 달로도 끝난다.

그야말로 기업에겐 염라대왕 같은 곳. 이 모두 김성균으로 살았을 때 터득한 지혜(?)다.

"팀장님. 고발 작업은 다 끝났습니다. 이젠 현장으로 나가도 될 것 같은데요."

"그래요? 반장님 그때 말씀드린 서류는?"

"예. 이게 대성중공업에서 일감 받아 가는 하청사 순위입니다. 다행히도 소재지가 다 울산이더군요."

"좋습니다. 그럼 1등 하청사부터 돌죠."

이렇게 전방위적으로 압박을 넣은 후, 공정위 화살은 대성중공업의 전 하청사로 향했다.

한명그룹
김성균 본부

제보자

"사장님, 아무래도 심상치 않습니다. 공정위가 노동부랑 공단에까지 고발을 넣었다고 합니다. 자칫하면 대형 스캔들로 번질 수 있겠는데요."

폭풍전야 같은 분위기는 금세 하청사들 사이로 퍼졌다.

"후우…… 지금 어디까지 돌았어?"

"대성중공업에서 일감 많이 받아 가는 순으로 치고 있답니다. 저희도 곧 들이닥칠 겁니다."

"아니, 우리 업장에서 벌어진 일도 아닌데 왜 엄한 곳 다 들쑤시고 다닌다는 거야?"

"유사 사례 찾는답니다. 다른 하청사에서도 산재 사고 은폐한 게 있는지 찾고 있다는군요."

명운도장 최 사장은 사색이 되었다.

중공업 현장에서 일하다 보면 사소한 사고는 다반사로 일어난다. 하지만 산재 처리시킨 사고는 '0'.

원청 눈 밖에 날까 봐 어지간한 사고는 전부 회사 사비로 처리했다.

직원들도 지금까진 이런 회사 처지를 이해해 주었지만, 이들이 수사처 앞에서 어떤 말을 할지는 아무도 모른다.

"지금 직원들 분위기 어때?"

"저희 쪽 기사 중에 큰 불만 가진 사람 없었습니다. 물론 이 사건과 관련해 입단속은 시켜 뒀고요."

"대성중공업은?"

"아직까지 아무런 지시가 없습니다."

또다시 한숨이 나왔다.

보통 이런 사건이 터지면 원청에서 매뉴얼이 나온다. 수사 당국에 해도 될 얘기와 절대 하지 말아야 할 얘기가 정해지는 것이다.

하지만 아직까지 대성에서 아무런 지시가 없었다. 이건 수사 상황을 몰라서가 아니라 아직도 대책이 서지 않았다는 뜻이다.

'그냥 확 불어 버려? 우리도 당한 거 많은데.'

그런 생각도 잠시 들었지만, 최 사장은 이내 고개를 저었다.

공정거래
위원회

대성중공업이 어떤 놈들인가? 국정원급의 정보력으로 하청들을 손바닥 안에 둔 놈들이다.

　만약 억울했던 걸 하나라도 말하면 모든 하청들이 집합당할 것이다. 누가 배신자인지 색출하는 건 그리 어려운 일도 아니다.

　"옌장할−."

　대책 없이 한숨만 반복하고 있을 때 사내 직원이 다급히 들어왔다.

　"사장님. 저…… 손님이 오셨습니다."

　"뭐? 누구?"

　"잘은 모르겠지만 공정위에서 나오셨다고……."

　오늘이 바로 디데이란 말인가.

　"호랭이도 제 말 하면 온다더니. 박 부장."

　"예."

　"엄한 거 꼬투리 잡을 수도 있으니까 오늘은 안전 수칙 철저히 지키면서 작업해."

　"알겠습니다."

　"그리고 우린 풍산 쪽 일에 대해 아무것도 모르는 거야. 자네한테 물어봐도 절대 입 밖에 꺼내선 안 돼."

　"걱정 마십쇼."

　최 사장은 심호흡을 하곤 불청객을 맞으러 갔다.

　호랑이 굴에 잡혀 가도 정신만 차리면 호랑이 가죽을 들고

온다 했다.

어쩌면 이번을 기회로 원청에 충성심을 어필할 수 있을지도 모른다.

'그냥 무조건 모른다고 하면 되는 거잖아. 어차피 우리 회사에서 터진 것도 아닌데.'

공정위가 아무리 기업들 저승사자라 해도 결국 사람이 하는 일.

모른다, 기억 안 난다, 우리랑 관계없다.

이 기적의 답변만 계속하면 알아서 나가떨어질 것이다.

"안녕하십니까. 제가 명운도장 최 사장입니다만."

긴장한 얼굴로 도착한 최 사장은 준철을 보자 조금 맥이 풀렸다.

노련한 얼굴의 중년 사무관을 예상했는데 상대는 풋내기였기 때문이다.

조사관이 행시 출신이면 오히려 다루기 쉽다. 중공업 현장은커녕 자기 업무 경험도 부족할 테니 말이다.

"처음 뵙겠습니다. 공정위 종합감시국 이준철 팀장이라고 합니다."

"예. 한데 어인 일로?"

"드릴 말씀이 많은데, 사무실에서 드려도 될까요?"

"이 컨테이너는 말만 사무실이지 사실상 기사들 비품실입니다. 뭐 복잡한 얘깁니까?"

오호라. 물 한 잔도 마셔 줄 생각이 없다?

그의 고압적인 태도에 준철은 속으로 웃음이 났다.

"알겠습니다. 그럼 바로 본론만 말씀드리죠."

준철이 눈짓을 하자 김 반장이 그에게 서류를 건넸다.

"명운은 대성중공업의 핵심 하청사더군요. 외주 거래 맡은 지 8년이 넘었고, 규모도 늘 100억대 수준이고."

"뭐 감사하게도 오래됐지요. 우리만큼 작업 기일 잘 지키는 하청 없고, 대성만큼 결재 확실히 해 주는 데도 없고. 서로 좋은 거 아닙니까?"

"그래요?"

"예. 사장인 나뿐 아니라 직원들 만족도도 높습니다. 대성 덕분에 최소한 생계 걱정은 안 해도 되니까."

탐색차 질문 몇 개를 던져 봤는데, 갑자기 대성 용비어천가를 부른다.

그런 작위적인 칭찬은 원청과의 관계를 일부러 과시하는 것처럼 들렸다.

"이상하네요. 저희가 알고 있는 얘기완 많이 다른데."

"무슨 말씀입니까?"

"여기 오기 전에 다른 하청사도 많이 돌다 왔어요. 근데 대성에서 외주 비용을 너무 후려쳤다더군요. 최소한의 안전 수칙도 못 지킬 만큼."

준철이 질문 수위를 높이자 그의 얼굴에도 웃음이 가셨다.

"허허…… 그래요?"

"예. 사장님은 모르세요?"

"저희는 모르는 얘깁니다."

"진짜 모르세요? 그것 때문에 현장에 사고도 많이 일어난다 들었습니다. 근데 산재 처리는 입 밖에도 못 꺼낸다는데."

"글쎄요. 저희는 정말."

"사장님 그러다가 공범 되십니다. 원청에서 시켰든, 눈치껏 무마했든 근로자 사고 신고 안 하면 하청 사장도 공범이에요."

공범이란 말에 그의 얼굴이 쩍 갈라졌다.

당장 머릿속에 스쳐 간 사고만 해도 수십 건을 넘는다. 공정위가 8년 치 기록을 이 잡듯 뒤지면 실형을 피할 수 없을 만큼 많다.

"왜, 왜 이러십니까. 선생님."

"저희가 이번에 제보를 하나 받았습니다. 하청 근로자가 전치 50주의 부상을 입었는데, 대성에서 이걸 산재 처리 안 시키고 사비로 내게 했대요."

"우, 우리 쪽 직원 아닙니다. 직원들 다 불러서 물어보세요."

"물론 여긴 아닐 겁니다. 근데 이 비슷한 일 많이 당해 보셨죠?"

준철은 들고 있던 서류를 그에게 마저 넘겼다.

"이건 저희가 근로공단에서 뽑은 내역서입니다. 명운은 너무 깨끗하더군요. 공사 규모가 작은 것도 아니고, 거래 기간이 8년을 넘었는데, 산재 신청을 단 한 번도 안 하셨어요?"

"아, 아니. 무사고 기록은 저희가 칭찬받아야 할 일 아닙니까? 이렇게 꼬투리 잡으시면 어떡합니까."

"사장님. 완전군장 메고 행군만 해도 부상자가 속출합니다. 근데 그것보다 더 무거운 짐 옮기고, 용접, 땜질까지 다 하는데 정말 부상자가 없었다고요?"

"······."

"이거 없어서 안 한 겁니까, 아님 누가 하지 말라고 외압을 넣었습니까?"

잿빛으로 변한 그의 얼굴은 정답이 무엇인지 이미 말해 주었다.

하지만 그는 잠시 뜸 들이다 다른 말을 꺼냈다.

"······구체적으로 어떤 정보를 원하시는 겁니까?"

"이 제보가 어떤 하청사에서 나온 겁니까?"

"······그거면 됐습니까?"

"그리고 지금까지 대성에서 산재 사고 은폐했던 모든 내역 다 말해 주세요."

"선생님 아직 현장에 대해 모르시겠지만 저희 같은 하청사들은……."

"빈말 아닙니다. 저희가 검찰에 고발하는 내용에 따라 사장님은 갑질 피해자가 될 수도 있고 공범이 될 수도 있습니다."

그리 말하자 최 사장은 준철의 옷소매를 잡으며 급하게 주위를 살폈다.

"이, 일단 사무실로 들어오시지요. 그리고 선생님. 잠시 둘이 얘기할 수 없습니까?"

♻

비품실로 쓰인다는 컨테이너 박스는 외관과 달리 무척 깔끔한 곳이었다. 컴퓨터 두 대와 작업 자료가 모두 기록된 장부까지 있었다.

그런 사무실 속에서 가장 눈에 띄는 건 대성중공업이 보낸 무사고 현판이었다.

–(축) 무사고 1천 일 달성–!
–(축) 무사고 2천 일 달성–!

준철은 저 현판이 뭘 의미하는지 누구보다 잘 알았다.

진짜 무사고를 기념하는 것이 아니라, 앞으로도 입 다물고 살라는 협박 편지를 보낸 것이다.

공정거래
위원회

'건설이나 조선(造船)이나 크게 다를 건 없군.'

그런 상념에 잠겨 있을 때, 최 사장이 잠긴 목소리로 말해왔다.

"……내가 알기론 그거 풍산 쪽에서 터진 일로 알고 있습니다."

"어디 작업반이죠?"

"용접 쪽 일을 맡고 있습니다."

"용접이면 주로 고소(高所, 높은 쪽에서 하는 일)작업 아닙니까?"

힘주어 되묻자 그가 흠칫 놀랐다.

아무리 봐도 자기 회사 대리쯤 보이는데, 어떻게 중공업 현장을 손바닥 꿰듯 알고 있을까?

"예…… 잘 아시는군요."

"현장에서 안전 수칙은 다 지켜집니까?"

"원체 높은 곳에서 일하는 거라 매뉴얼 다 지켜도 사고는 납니다. 물론…… 단가 때문에 거의 못 지키는 게 많지만."

아파트 10층 높이에서 배 용접 작업을 한다 치자.

원칙대로 하면 족장(임시 구조물)을 설치해 근로자가 안전하게 일할 수 있게 하면 된다. 구조물이 있으면 사고 확률이 적고, 사고가 나도 부상 수위를 줄일 수 있다.

하지만 이 귀찮고 돈 많이 드는 작업을 한 방에 해결해 줄 수 있는 방법도 있다.

용접 기사가 외줄을 타고 내려가면 공사 기일이 짧아지고 단가도 낮아진다.

대신 사고가 터지면 최소가 중상이다.

"배 용접 작업하는데 족장(임시 구조물) 설치도 안 했다는 겁니까?"

"다 안 하지는 않았지요. 하긴 했는데 당연히 사각지대라는 건 어쩔 수 없이 생깁니다."

"그럼 이 사고는 그 사각지대에서 발생했겠네요?"

"……."

"사장님. 제보자가 누군지도 아시죠?"

"……."

"말씀해 주세요. 누굽니까?"

"내 알기론…… 풍산용접의 배명수 기사라고 알고 있습니다."

"아시는 분입니까?"

"……안다면 잘 알지요. 나랑도 멱살잡이하다 경찰서까지 갔으니."

제보자랑 드잡이질까지 했다?

새로운 정보에 준철의 눈이 커졌다.

"사실 그 양반 사고 나서 한 일주일 뒤엔가 다 알고 있었습니다. 사정 들어 보니까 외줄 타다 떨어져서 무릎 연골이 나갔다고 하더군요."

"멱살잡이는 왜 하셨는데요?"

"나쁜 아니라 다른 사장들도 다 불편해했어요. 다친 건 정말 안타깝지만…… 자꾸 다른 하청사 들쑤시고 다니지 않았습니까."

"그건 무슨 말씀이죠?"

"……그 얘긴 모르십니까?"

"그냥 다 말씀해 주세요. 익명은 제가 반드시 보장하겠습니다."

"……그 양반이 이런 안전사고는 하청사가 함께 대응해야한다고 자꾸 선동하고 다녔습니다. 자꾸 무슨 전단지 같은거 돌리러 오는데…… 그거 한 번 하고 나면 직원들 분위기가 어수선했어요."

최 사장은 말을 하는 내내 고개를 들지 못했다.

죄책감과 원망이 공존할 것이다. 사고는 안타깝지만 자기 직원들까지 끌어들이려 할 땐 핏대가 섰을 것이다.

'내가 본 그 장면이 맞군. 다른 피해자들까지 찾아 나설 정도면 절대 좋게 끝났을 리가 없어.'

적당한 돈 쥐여 주고 마무리하라던 대화.

절대로 산재 처리는 안 된다 말하던 대화.

지금까지 밝혀진 정황으로 봤을 때 이건 대성중공업 관계자의 대화였을 가능성이 크다.

"사장님. 그럼 여기서도 대성한테 압력받으신 적 있습니까?"

대답 없이 허공만 바라보는 그에게 준철이 다시 물었다.

"사장님."

"……자질구레한 사고는 많지요. 근데 그걸 어떻게 다 산재 처리하겠습니까. 그래도 저흰 다 회사 사비로 직원들 병원비는 책임집니다."

"그거야 감당 가능하니 하셨겠죠. 전치 50주짜리 사고 터지면 그때도 책임지셨을 겁니까?"

"그런 건 당연히 산재 처리를……."

나오는 대답과 달리 그의 목소리엔 힘이 없었다.

원청이 눈치 주면 그 당연한 것도 당연한 게 아니다.

"얼마나 됩니까? 그렇게 원청 눈치 보느라 덮었던 산업 사고 사건이."

"……제 입장도 생각해 주세요. 우리 업장에서 터진 것도 아닌데, 갑자기 그리 물으시면 저도 난감합니다."

"좋습니다. 생각할 시간을 드리죠. 근데 아까 제가 드린 말씀은 아직 유효합니다. 지금까지 산재 사고 덮은 거 있으면 원청의 부당노동행위로 파악해 그쪽에 죄를 묻겠습니다. 근데 계속 감추시면 사장님도 공범이라 생각하겠습니다."

산업 사고 은폐.

자의든 타의든 사용자(사업주) 5대 과실 중 하나이며, 최소 형량은 2년이다. 실형이 떨어지면 추후 직원들이 자신에게 손배를 청구할지도 모른다.

관행적으로 넘어갔던 일이 하나씩 터지기 시작하면 핵폭탄이 된다는 것쯤은 그도 잘 알고 있었다.

이 모든 것이 공정위가 검찰에 어떤 고발장을 넘기느냐에 따라 달려 있다.

"그리고 한 가지 더 부탁드릴게요. 배명수 기사라는 분. 연락 닿으시죠?"

"닿긴 닿습니다만 그건 왜⋯⋯?"

"이건 선택 사항인데, 저희 쪽 부탁 하나만 들어주세요."

"설마 저더러 연락하라는 겁니까?"

"예. 중간에 민원이 취하됐는데, 이거 아무리 봐도 외압 때문이지 좋게 합의돼서 취하된 것 같진 않아요."

"아니, 아무리 그래도 나랑 멱살 잡다 경찰서까지 간 사람한테 어떻게 연락을 합니까."

"연락 닿게 도와주시면 사장님 마음도 한결 나아지실 겁니다. 물론 저희 또한 그에 상응하는 사례 하겠습니다."

상응하는 보답이란 건, 절대로 하청사에 잘못을 묻지 않겠다는 뜻. 한동안 고민하던 최 사장은 무거운 얼굴로 고개를 끄덕였다.

☙

최 사장에게 결정적 제보를 얻은 준철은 그 즉시 팀을 두

개로 나누었다.

관련 기관에 고발을 맡은 사무팀과 김기남 반장을 필두로 한 현장팀.

김 반장은 타 하청사들을 돌며 유사 사례를 조사했고, 준철은 이 내용 모두 검찰, 고용노동부에 가감 없이 알렸다.

대성중공업은 파도 파도 미담이 끊이질 않는 곳이었고, 현장팀은 다른 부당 행위도 찾아낼 수 있었다.

그러던 중 이 사건과 무척 비슷한 사례가 레이더에 하나 잡혔다.

"이거 진짜 확실한 겁니까?"

"예, 확실합니다."

일주일 만에 만난 김 반장은 상기된 얼굴을 감추지 못했다.

"일청용접이라고 여기가 원래 대성 용접 담당입니다."

준철은 서류를 살폈다.

정확히 4년 전에 정리된 하청이다.

"여기랑 거래 끊고 바로 지금 문제 된 풍산용접이 하청 받기 시작한 거죠."

"근데 이게 산재 때문이라고요?"

"예. 4년 전에 일청에서 비슷한 사고가 있었답니다. 그때 작업자 한 명이 배관 내에 쓰러져 있어서 병원으로 옮겼는데, 일주일이나 의식이 없었다는군요."

"의식을 못 찾았어요? 그럼 혹시……?"

"다행히 사망에 이르진 않았습니다. 대신 심각한 후유증으로 병원에서 3개월간 치료를 받았답니다."

준철이 서류를 넘기자 김 반장이 바로 설명을 이었다.

"의사 소견으론 아르곤가스 누출로 인한 산소 결핍이라 하더군요."

"그럼 현장에서 환기장치도 안 하고 일했다는 겁니까?"

"사각지대였답니다."

사각지대.

원청이 할 수 있는 마법의 변명.

역시나 하청 근로자의 산재 사고는 어제오늘 일이 아니었다. 그리고 이를 은폐하려 했던 대성중공업의 노력은 서류에 여실히 드러났다.

"근데 이 내용이 모두 근로복지공단에 신고됐군요?"

"네. 이전 하청사는 이 사고를 바로 산재로 신고했습니다. 그러니까 바로 다음 연도에 거래 끊어 버렸더군요. 누가 봐도 보복입니다."

"이 자식들 이거 선수네요. 그럼 이것도 신고하죠."

"근데 저, 문제가 하나 있습니다."

김기남 반장은 난색을 표했다.

"이 사람들 모두 대성중공업을 고발하는 데엔 적극적이지 않습니다."

"보복성 일감 끊기를 당했는데, 소극적이라고요?"

"중공업 바닥이 워낙 좁잖아요. 큰 사건에 연루되는 걸 다들 꺼리는 분위기입니다."

한숨이 나온다.

하청사들의 산업재해를 은폐한 혐의는 많고, 이에 직접적으로 피해를 입은 사람도 확보되었다.

하지만 그 한 방.

총대를 메 주는 사람이 아무도 없다.

사태 해결을 바라지만 전면에 나서는 것을 모두들 꺼리는 것이다.

"그, 최초 제보자. 배명수 씨하곤 아직 연락이 안 닿습니까?"

"최 사장이 연락을 했다곤 하는데, 아직 연락 없습니다."

"후우……."

누군가 총대를 메 준다면 충분히 관련자를 구속시킬 수 있는 사건인데, 다들 대성중공업의 눈치 살피기 바쁘다.

밥줄과 생계가 달린 문제니 누굴 비겁하다고 욕할 수도 없다.

그렇게 답답한 회의만 계속될 때, 불현듯 준철의 전화가 울렸다.

"여보세요."

ㅡ…….

"여보세요?"

―혹시 공정거래위원회 이준철 팀장님이십니까?

"맞습니다만 누구시죠?"

―……최 사장님께 사정을 듣고 연락했습니다.

착잡한 목소리의 주인공이 누군지는 안 들어도 알 수 있었다.

‎   ❧

초라한 행색에 한쪽 다리까지 절며 등장한 배명수는 경계심 가득한 얼굴이었다.

"안녕하십니까. 제가 연락드렸던 이준철 팀장입니다."

"저에 대해선 다 아실 테니 긴말 안 하겠습니다. 대관절 절 왜 찾고 계신 겁니까?"

목소리를 들으니 공정위의 수사가 불편한 모양이었다.

"대성중공업이 하청 근로자 산업 사고를 은폐했다. 이 내용 제보해 주신 거, 배명수 씨 맞죠?"

"취하한 걸로 알고 있습니다만."

"왜 취하하셨는지 사정을 말씀해 주실 수 있습니까?"

"이봐요. 내가 그 얘기까지 구구절절해야 합니까? 어디서 사람을 범죄자 취급이야?!"

"오해 마십쇼. 그런 뜻이 아닙니다. 합의를 할 수 없는 내용인데, 합의가 됐다 하시니 의문이 들어서…….."

쾅!

말이 끝나기도 전에 그가 탁자를 치며 일어났다.

"그걸 아는 사람들이 조사를 그따위로 해?!"

그가 준철에게 달려들 기세를 보이자 옆에 있던 김 반장이 급히 만류했다.

"왜 이러십니까, 선생님. 고정하세요."

"고정? 조사 시작했다가 갑자기 두 달간 아무 연락도 없고. 그러다 나타나서 뭐? 담당자가 교체될 수도 있어?"

"그건 정말 피치 못할 사정이 있었습니다."

"누굴 바보로 아나! 사정이 있는 게 아니라 대성이 무마해 달라고 해서 떡값이나 받았겠지!"

"그게 아니라…….."

"나도 알건 다 알아! 네놈들 때문에 대성이랑 합의했는데, 이제 와서 웬 쇼야?!"

수사가 중간에서 두 달이나 진전 없었고 갑자기 담당자가 바뀌었단 소식까지 듣게 되었다.

약자인 그의 입장에선 당연히 대성의 청탁 무마를 의심했고, 이는 곧 합의로 이어졌다.

이 문제에 있어선 준철 또한 할 말이 없었다.

자신과의 사고로 이 몸의 진짜 주인이 두 달간 식물인간처럼 있었으니 말이다.

**공정거래
위원회**

"나도 들을 건 다 들었다고."

"무슨 얘길 어떻게 들었는진 모르겠지만, 오해하고 계십니다."

"뭐?"

"먼저 사과드리겠습니다. 제가 급작스럽게 사고가 났고 두 달간 병원 신세를 졌습니다. 담당자가 바뀔 수도 있다는 건 저도 그땐 생사를 장담할 수 없는 상황이었고요."

그리 말하자 그도 약간은 흠칫했다.

"하지만 지금은 그때와 다릅니다. 이 조사를 진행하기 위해 저희가 검찰과 노동부에까지 신고를 넣었습니다."

"……."

"다른 하청사들의 제보를 확보하는 한편 그간 대성이 산업 재해를 얼마나 은폐했는지 전부 다 드러낼 계획입니다."

그리 말하며 준철은 핸드폰을 가리켰다.

"연락받으신 명운 최 사장님도 저희 부탁으로 연락드린 겁니다."

"……나한테 하고 싶은 말이 뭐요."

"사건의 진실요. 이 제보 내용 모두 사실입니까?"

그가 고개를 젓는다.

"내가 한 말 중엔 거짓말 하나 없소. 근데 이미 늦었어."

"늦어요?"

"민원 취하 조건으로 대성 쪽과 나는 이미 합의했고, 병원비도 받았습니다."

그가 체념한 이유는 이미 대성과 합의했고, 그로서 모두 끝났다고 생각했기 때문인 것 같다.

"그러니 이제 그만하세요. 공정위 쪽에서 자꾸 건드니까 다른 하청사들도 불안해한다 들었습니다. 난 이미 이 업계 떠났고, 더는 분란 일으키기 싫습니다."

"분란은 대성이 일으켰는데, 왜 선생님이 참아야 합니까."

"뭐?"

"계속하세요. 굳이 따지고 들자면 선생님께선 민사 배상받으신 겁니다. 산재 은폐는 형사처벌 대상이라 저흰 합의 관계 없이 계속 조사 진행할 겁니다."

준철이 물러서지 않고 말하자 그가 말을 더듬었다.

"아니…… 내가 병원비 받아 냈다니까 대체 왜?"

"그 병원비는 산재 처리했으면 당연히 받았어야 할 돈입니다. 아니, 애초에 선생님 사비로 나갈 돈도 아니었어요."

"나도 알 건 아는데, 그만하세요. 더 이상 싸우고 싶지 않습니다."

"그리고 그 병원비 얼마나 지원받으셨습니까? 산재 덮고 사비 처리할 정도면 최소 전액 보장받으신 것 맞죠?"

그리 묻자 그가 안색이 굳어졌다.

치료비 3천 중 대성이 1천, 하청사가 1천, 나머지는 자신이 부담하지 않았나?

"현장에서 안전 수칙 안 지킨 몇 가지 사항을 꼬투리 잡아, 계속해서 과실 씌우지 않았습니까?"

"그, 그걸 어떻게……."

"그것도 산재법 위반입니다. 안전 수칙 등을 잘 지켰는지는 근로복지공단에서 파악하지, 절대 원청에서 조사하지 않아요."

"……대체 무슨 말이 하고픈 겁니까?"

"합의금 돌려주시고 정식으로 공단에 사고 내용 신고해 주세요. 당연히 전액 보상받으실 겁니다."

"불가능해요. 난 이미 앞으로 문제 삼지 않겠다고 합의서 썼습니다."

"애초에 위법적인 내용의 계약이라 법적 효력이 없습니다. 그리고."

준철은 검찰에 청구한 고발장을 보여 주며 말을 이었다.

"저희가 대성중공업을 산업재해 은폐 혐의로 고발하면, 되레 그 합의서가 증거로 채택될 겁니다."

"지, 진짜로 형사처벌하겠다는 겁니까? 대성을?"

"예. 그러니까 선생님께서 협조해 주십쇼. 사본이라도 좋으니 합의서 저희에게 제출해 주세요. 그리고 이때 원청 담당자가 누구였고 어떤 대화가 오갔는지 빠짐없이 말씀해 주세요."

질 끝판왕 사망

한명그룹
김성균 본부장

얼굴 맞대고

"합의서는 드리죠. 사본으로."

망부석처럼 굳어 있던 그가 입을 뗀 건 한참 후였다.

"그 전에 먼저, 수사 계획을 들어 보고 싶습니다. 저와 같은 사례를 다 파헤친다고요?"

희미하게 떨리는 음성은 그가 아직 공정위를 신뢰하지 않는다는 걸 말해 주었다.

"예. 이건 저희가 근로공단에서 뽑은 산재 신청 내역입니다. 보시는 바와 같이 대성은 근 4년간 무사고였는데, 여기 한 건 잡히더군요."

"······일청용접이면."

"알고 계십니까, 여기?"

준철이 묻자 그가 말없이 고개를 끄덕였다.

"자세히 아는 건 아닙니다. 그냥 우리 이전 하청사라는 것 정도만 알아요."

"하청사가 왜 바뀌었는지는 모르시고요?"

"일을 못한다고 들었습니다. 작업 기일도 못 맞추고 불량 용접도 많아서 우리로……."

그리 말하던 배명수의 눈이 커졌다.

"설마 그게 아니었습니까? 산재 사고 때문입니까?"

"그래 보입니다. 조사해 보니 대성중공업이 거래를 끊은 년도와 이쪽에서 산재 사고를 접수했던 년도가 겹치더군요."

"그럼 이건 산재 신고했다고 보복당한 거 아닙니까?! 이 사람들 찾아가 보셨습니까?"

"찾아가 봤습니다만 모두 나서고 싶지 않아 했습니다."

실낱같은 희망이 꺼지자 배명수가 탁자를 내리쳤다.

치사하고 비겁한 놈들. 항상 그런 식이었다. 대성중공업의 만행에 함께 대응하는 게 아니라, 다들 꽁무니 감추기 바쁘다.

"그럼 이 얘기 더 해 봤자 의미 있습니까? 나도 같은 피해자 있나 백방으로 알아봤어요! 근데 자기가 피해입은 거 없으면 남 일이고, 피해를 입었어도 남이 해결해 주기를 바라는 놈들뿐입니다!"

"사정은 대강 들었습니다. 일단 진정하세요."

공정거래
위원회

"뭘 어떻게 진정해요?! 인권 변호사, 노동 변호사. 나도 좋은 일 한다는 사람들 다 찾아다녀 봤습니다. 근데 다들 그 돈 줄 때 적당히 합의하라더군요. 공정위라고 별수 있습니까?"

"……외람되지만 그분들을 찾아갔으니 합의하라 했던 겁니다. 비싼 변호사를 찾아갔으면 그렇게 말 안 했을 겁니다."

준철이 도발적인 대답을 하자 그가 눈썹을 꿈틀거렸다.

"비싼 변호사?"

"노동, 인권변호사들은 산업 사고로 목숨을 잃은 사람들까지 변호합니다. 우선순위가 당연히 밀릴 수밖에 없죠."

"그렇다고 비싼 변호사가 내 편입니까? 깊게 들어가면 다 대기업이랑 연결되어 있는 놈들 아니요! 그리고 나 같은 놈이 무슨 대형 로펌에 가요. 그 수임료는 누가 대고?"

준철은 그를 물끄러미 보다 말을 이었다.

"그래서 말씀드리는 겁니다. 수임료 공짜에 누구보다 일 잘하는 변호사, 검사한테 가시라고."

"뭐요? 검사?"

"산업재해 은폐는 형사사건입니다. 여기에서 승소하면 온 로펌이 달려들어 선생님 민사사건 돕겠다고 할 겁니다."

"그게 무슨……."

"참지 말고 형사 고발하세요. 저희도 지원사격하겠습니다. 저희는 이 내용을 종합해 고용노동부로 가겠습니다."

전치 50주의 부상과 상습적인 산재 사고 은폐.

이 두 가지 사유면 작업 중지 명령을 받아 낼 수도 있다.

현장에서 일을 못 하게 되면 놈들도 지금처럼 잡아떼지 못한다.

다는 아니어도 부분적으로 범행을 인정할 수밖에 없다.

간단한 수사 계획을 말해 주자 그의 눈빛이 돌연 달라졌다.

"내가…… 잘 아는 건 아니지만 재판은 최소 몇 년 이상씩 걸린다는 건 알고 있습니다."

"작업 중지 명령은 재판이 아니라 행정처벌입니다. 고용노동부엔 단독으로 결정할 수 있는 권한이 있고요."

"그 대단한 권한을 일개 하청 근로자인 나한테 쓸 리 없잖아요."

"이걸 보고도 안 쓰면 그쪽 담당자들 징계받을 겁니다."

준철은 잔뜩 움츠러든 그에게 서류를 내밀었다.

"저희가 하청사들에게 받은 제보 내용. 이걸 가지고 대성중공업이 상습적으로 산업 사고를 은폐했다고 고발할 겁니다."

"……."

"여기엔 선생님의 도움이 절대적으로 필요합니다. 부상 수위가 가장 높으니까요."

"……구체적으로 내가 뭘 하면 되는 겁니까?"

"어떻게 다쳤는지, 당시 현장에 안전 수칙은 어떻게 운용되고 있었는지 세세하게 진술해 주십쇼."

"그건 제보 내용에 이미 밝혔습니다. 제가 드린 제보엔 한 토시 가감 없이 다 나와 있어요."

"그리고 당시 대성중공업 담당자가 누구고, 어떤 식으로 은폐하려 시도했는지도 말씀해 주십쇼."

담당자 얘기가 나오자 그가 다시 움츠러들었다.

"꼭…… 담당자 이름까지 말해야 하는 겁니까? 내 입으로 직접 원청 담당자 이름을 말하기 부담스럽습니다."

"그러면 이 문제를 근원적으로 해결할 수 없습니다. 원청 직원이, 산업 사고를, 은폐했다. 이 세 가지 정황이 확실해야 합니다. 안 그러면 대성에서 하청 사장이 알아서 한 일이라고 발뺌할 수 있습니다."

배명수는 치가 떨렸다.

그가 아는 원청 담당자는 하청 사장한테 뒤집어씌우고도 남을 놈이었다.

또한 그가 아는 풍산용접 사장은 기꺼이 뒤집어쓰고도 남을 사람이었다.

그를 바라보는 준철의 속내도 착잡했다. 하청 사장들은 원청에서 살인 사건 나면 그것도 뒤집어써 줄 사람들 아닌가?

이런 약점을 쥐고 머슴처럼 부려 먹었던 하청 사장이 한둘 아니었다.

이윽고 입을 뗀 그는 떨리지만 분명한 목소리로 말했다.

"……이 사건을 무마하려 했던 건 원청 담당자가 맞습니다. 근데 우리 사장도 잘한 건 없어요. 아니, 그놈도 똑같은 놈이에요!"

그의 목소리가 격앙되어 가자 준철이 김 반장에게 눈짓을 보냈다.

핸드폰 녹음기는 일개 하청 근로자의 외로운 투쟁과 대성 중공업의 만행을 빠짐없이 기록했다.

"상무보? 그러니까 그 신석준이란 놈이 최종 책임자라는 거야?"

"예. 작년까진 이사였는데, 이번에 상무로 진급했다는군 요. 아마 이번 사건 터지면 진급 취소될까 봐 부랴부랴 덮은 것 같습니다."

"쯧쯧— 육시랄 놈. 그럼 다른 산재 사고 덮은 것도 다 이 놈?"

"예. 풍산용접 이전의 하청사가 일청용접인데, 거기 일감 끊은 것도 신석준입니다."

준철의 보고를 듣던 오 과장은 혀를 내둘렀다.

서류에 간략히 나와 있는 산업 사고만 해도 48건.

그중 한 건은 당국에 신고했다고 아예 일감을 끊어 버렸 다. 갑질이 아니라 연쇄살인으로 기소해도 이상할 것 없는 기업이다.

"그 하청 사장에 대해선 뭐래?"

"제보자 진술에 따르면 공범입니다. 대성중공업이 덮자 하니까 하청 사장이 자신에게 계속 청탁하고 회유해 왔답니다."

"그럼 원청 담당자랑 하청 사장 둘 다 기소해야겠네?"

"예. 제보자도 둘 다 강력 처벌하길 원합니다."

오 과장도 여기까진 이해할 수 있었으나 다음 장 서류에선 표정이 굳어졌다.

"노동부에 작업 중지 명령까지 신청하겠다고?"

"예."

"이봐 이 팀장. 대성중공업 압박하겠단 의도는 알겠다만, 사망 사건 같은 큰 사고가 터져야 나오는 게 작업 중지야. 고용노동부에서 이걸 해 주겠어?"

"경우에 따라 사망에 준하는 사고가 터져도 작업 중지 명령이 나왔습니다."

"그걸 이 팀장이 어떻게 알아?"

많이 당해 봤으니까요.

인부들 4대보험 가입 안 시켜서 당한 적도 있고. 불법체류자가 무더기로 적발돼서 작업 중지가 떨어진 적도 있다.

그 모두 하청사들이 대신 해 줬던 일들이지만, 검찰의 수사가 늘 바보 같았던 건 아니다. 때론 빼도 박도 못할 증거를 들이밀어 원청의 잘못이라는 걸 인정할 수밖에 없었다.

물론 안 들킨 게 더 많긴 했지만.

"한명그룹에 비슷한 판례가 있더군요. 그리고 저흰 대성중공업이 상습적으로 산업재해를 은폐한 정황도 잡았습니다."

적당한 변명을 둘러대자 오 과장도 더는 묻지 않았다.

"좋아. 그럼 내가 할 일은 영장이네?"

"예. 과장님 이거 불구속 수사로 절대 못 잡습니다. 담당자 구속시켜 놔야 하청사 사장들도 입이 트일 겁니다."

"심정은 아는데 절차가 그래. 불구속 수사가 원칙이지 않나?"

"증거 인멸의 가능성이 높다는 점만 설득해 주십쇼."

수사는 팀장이 하지만 이에 필요한 구속과 영장 청구는 과장이 결정한다.

엄밀히 말해 '결정'까지는 아니지만 기소권을 가진 검찰에게 수사를 요청하는 건 과장의 권한이다.

과잉 조사를 방지하기 위해 만들어 놓은 만큼 수사 실패 시 그 책임이 과장에게로 가게 된다.

오 과장은 준철의 서류를 검토하며 한동안 생각에 잠겼다.

"당장의 구속은 나도 부담이야. 일단 좀 진행하다가 상황 봐서 수위 높이는 게 어때?"

"이 사건 시작한 지 이미 3개월이 지났습니다. 제가 병원에 있는 동안 분명 대성 측에서 많은 수를 써 놨을 겁니다."

애석하게도 젊은 팀장은 한 치도 물러설 생각이 없어 보였다.

"진짜 최악의 상황으로 가면, 이 신석준이란 놈이 과장이나 부장한테 책임을 전가시킬 수도 있습니다."

"……."

"어쩌면 신석준이 최종 책임자가 아니라 더 윗선이 있었을지도 모르고요."

사실 그럴 가능성은 없었다.

불명의 대화에선 김 부장이란 사내와 다른 남자의 대화가 들렸다.

일개 부장이 회장에게 직접 보고하는 건 말이 안 된다.

그리고 겨우 하청 하나 정리하는 데 회장이 나섰을 리도 없다.

하지만 지금은 벌어질 수 있는 최악의 시나리오를 다 말해 줘도 모자랄 판이다.

"귀청 떨어지겠다. 알아들었으니 그만해."

긴 한숨을 내쉰 오 과장은 서류 몇 군데를 집었다.

"이 사건 하나 가지고 구속영장까지 치는 건 무리야. 여기랑 여기, 여기. 하청 사장들한테 진술 받아 오고, 정황 정리해 놔."

"예, 알겠습니다."

"그리고 대성중공업이랑 제보자가 썼다는 합의서. 이거 원본 받아 와. 당연히 통장에 돈 오간 내역서도 함께 제출해야 돼."

"예. 입출금 내역도 함께 제출하라 하겠습니다."

준철이 그리 대답하자 오 과장이 조사 공문을 내밀었다.

조사 공문은 공정위의 마패와 같은 물건으로 위력은 암행어사 4마패쯤 된다. 이걸 내밀었다는 건 곧 출두를 허락한다는 의미.

"가서 자료 받아 와. 하청사들 산재 은폐한 게 어디까지 관여되어 있는지 다 나와 있을 거야."

"하지만 과장님. 대성에서 영치(자료 제출) 거부하면 저희는⋯⋯."

"다 알아들었어! 자료 제출 거부하면 10분 안으로 압수수색장 나오게 해 줄게. 아직도 부족해?"

준철은 웃음을 참으며 꾸벅 고개를 숙였다.

압수수색이 보장된 조사 공문은 5마패다.

자료 제출 거부하면 형사들이 출두해 초토화시켜 놓을 것이다. 이 경우엔 자료만 뺏기는 게 아니라 자료 거부했던 직원들까지 연행시켜 버릴 수 있다.

"감사합니다."

"대신 기습적으로 치는 거니까 최대한 소리 소문 없이 쳐야 돼. 아직 어떻게 될지 모르는데 주가 공시 나가면 개미들 다 뛰어온다."

"염려 마십쇼. 숨소리도 나지 않게 다녀오겠습니다."

이튿날 아침 마포대교.

공무집행 차량 두 대가 대성중공업으로 향했다.

한강을 넘어 테헤란로로 진입하자 경찰차 세 대가 멀리서 따라붙기 시작했다.

"경찰 에스코트 받아 보는 건 또 처음이네."

"설마 육탄전까지 펼쳐지진 않겠죠?"

사옥에 가까워지자 반원들의 긴장한 목소리가 들렸다.

김기남 반장은 이를 의식한 듯 퉁명스레 말했다.

"긴장해야 되는 건 저놈들이야. 왜 자기들이 쫄고 그래?"

"책임감 가지고 잘해 보잔 뜻이죠."

"맞아요. 누가 쫍니까."

다들 부인했지만 차 안에 흐르는 무거운 공기는 아무도 부정할 수 없었다.

지금 밝혀진 사안만 해도 9시 뉴스 헤드라인감 아닌가?

대성중공업이 순순히 조사에 응할 리 없다. 유혈 사태가 펼쳐져도 이상할 게 없는 상황이다.

"근데 오늘 압수수색에 성과가 있을까요?"

"그러게요. 솔직히 산업재해 은폐 사건을 서류로 남겨 놓진 않았을 것 같은데."

"우리가 기껏 수사해도 다른 하청들이 원청 감싸면 진짜

낙동강 오리 알이에요."

또 한차례 우려가 나오자 김 반장이 칼같이 잘랐다.

"작업 중지랑 신석준이 구속 신청했다는 말 못 들었어? 이 정도 퍼포먼스 보여 주면 하청들도 완전히 돌아서. 엄한 생각 말고 우린 증거나 제대로 잡을 생각 해."

그리 말할 때 선두 차량에 있던 준철이 문을 두드렸다.

"다들 준비됐습니까?"

"아, 예. 근데 경찰은 더 이상 안 따라옵니까?"

"뒤에서 대기하고 있다 저희가 호출하면 그때 들이닥칠 거예요."

준철은 뒷좌석에 눈짓을 보냈다.

"조사관님들은 압류 박스 들고 먼저 가 주십쇼. 곧 뒤따르겠습니다."

"아, 예. 근데 타깃이 어딥니까?"

"17층, 협력사업부요. 여기가 하청사 관리하는 부처인데 대외비 자료 다 여기 있을 겁니다. 자세한 얘긴 일단 입성부터 하고 말씀드릴게요."

반원들이 압류 박스를 들고 우르르 내리자 준철이 김 반장을 따로 불렀다.

"반장님. 그냥 지금 압수수색영장 신청해 주세요."

"예? 아직 조사 시작도 안 했는데요? 대성에서 협력할 수도 있는데 굳이……."

"뻔할 뻔 자죠. 저놈들 절대 저희 수사에 협력 안 할 겁니다.

"그럼 그때 가서 신청하시죠. 과장님이 10분 안으로 압수수색장 나오게 해 주지 않았습니까."

"그 10분간 파쇄기 부지런히 돌아갈 겁니다. 아니, 영장 가져와도 밑에서 시간 끌고 있을 놈들이에요."

준철의 의도를 간파한 김 반장은 조심히 물었다.

"감당 가능하시겠어요? 저희 수사에 협조 안 해서 영장 가져가는 거랑, 그냥 영장 치는 거랑 차원이 다릅니다."

"모든 책임은 제가 지겠습니다. 10분 뒤 바로 영장 필요할 거예요."

"후우…… 알겠습니다."

"감사합니다. 반장님은 10분 뒤에 경찰이랑 바로 와 주세요."

그리 말한 후 준철은 대성중공업 사옥 앞에 섰다.

무척 낯선 기분이 든다.

항상 이 사옥을 방어하는 입장이었는데, 오늘은 점령해야 하는 입장이라니.

'옛날 생각 나는구먼.'

만감이 교차하는 마음을 뒤로하고 준철은 대성중공업 정문을 열어젖혔다.

"죄송하지만 누구시죠?"

"공정거래위원회에서 나왔습니다."

"무슨 일이신데요?"

"그건 위에 가서 말씀드릴게요. 여기 17층이 협력사업부 맞습니까?"

"잠깐만요. 저희 연락받은 거 없습니다. 잠시만요!"

공정위 직원들이 들이닥치자 프런트 데스크는 아수라장이 되고 말았다.

"왜 그러시는데요. 방문 목적을 말씀해 주세요."

"협력사업부 김성민 부장, 신석준 상무 뵈러 왔습니다. 17층에 있습니까?"

"이봐요! 거기! 멈추세요. 뭡니까?"

데스크가 소란스러워지자 곧 우람한 체격의 보안요원들이 등장했다.

"공정위에서 나왔습니다."

준철은 이들에게 조사 공문을 내밀었지만, 예상을 한 치도 벗어나지 않는 반응이 돌아왔다.

"우리야 이런 거 볼 줄 모르고요. 못 들어갑니다. 우린 공정위에서 온단 얘기 못 들었어요."

"자료 압수하러 왔는데, 누가 통보하고 옵니까? 볼 줄 모르면 비키세요. 아니면 담당자 내려오라고 하든가."

"움직이지 마세요! 저희 경찰 부를 겁니다?"

"부디 그래 주세요. 근데 경찰 오는 시간 동안 파쇄기 돌리는 건 용납 못 합니다."

준철은 완강히 버티는 보안요원들을 밀쳤고, 곧 공정위와 이들의 몸싸움이 시작되었다.

통상적으론 원래 이러지 않아도 된다.

조사 공문을 보여 주고 담당자 만난 후 차분하게 시작해도 된다.

피조사자가 증거 인멸의 우려가 없고, 수사에도 협조적이라면.

하지만 상대가 이미 하청사들을 상대로 협박하고, 로비에서 시간 끌기나 하고 있다면 똑같이 야만인이 되어야 한다.

"됐어. 영장 가져와. 우린 한 발자국도 못 들여!"

"사내 기밀 자료가 다 있는데 무슨 어딜 들어오려고!"

그렇게 대치전이 극에 달할 때, 중년 사내가 엘리베이터를 타고 황급히 내려왔다.

"실례합니다만. 어인 일로?"

"신석준 상무입니까?"

"지금 자리에 안 계십니다. 무슨 일로 오셨습니까?"

"김성민 협력부장입니까?"

"현재 휴가 중입니다. 무슨 일로 오셨냐고요."

"꼭 중요한 사람들은 이럴 때 휴가고 부재중이군요. 비키세요 그럼. 저흰 그 두 사람 말곤 할 얘기 없습니다."

준철이 무시하고 또 들어가려 하자 그가 부랴부랴 명함을 꺼냈다.

"제가 법무팀 송현식 과장입니다. 저한테 말씀하셔도 됩니다."

"풍산용접 때문에 왔습니다. 피차 잘 알 테니 담당자 불러주세요."

"그거면 다 끝난 얘기로 알고 있습니다만? 당사자 과실로 일어난 사고고 저희가 도의적인 차원에서 치료비까지 지원했지 않습니까?"

준철은 그 뻔뻔한 얼굴을 보며 피식 웃었다.

"아, 법무팀에선 그렇게 결론이 났나 보군요?"

"예?"

"저희가 아는 얘기랑 달라서요. 하청 근로자라 산재 처리도 안 시켜 주고, 치료비도 전액 부담이 아니라 1천만 원 툭 던져 주지 않았습니까?"

"아, 아니 이분이 큰일 날 소리를."

"근데 그게 이번 한 번뿐이 아니던데요. 하청사들이 모두 해당 혐의에 대해 진술했습니다. 대성중공업이 상습적으로 산업재해를 은폐했다더군요."

준철이 건넨 서류를 읽곤 사내가 눈이 커졌다.

하청사들을 전부 치고 다닌다더니 이걸 파악하고 있었구나.

"우리는 모르는 얘기고 이거 다 처음 보는 내용, 아니 다 억측입니다!"

"그럼 억울함을 풀어 드릴 테니 사업 자료 내놓으세요."

"무슨 자격으로! 이거 과잉 조사 아닙니까? 영장 있소?"

그리 말할 때, 바깥에서 김기남 반장과 경찰들이 들어오기 시작했다.

준철은 사내를 보며 피식 웃었다.

"감사합니다. 제 예상을 한 치도 안 벗어나 줘서."

"뭐, 뭐야 저 사람들은."

"방금 영장 찾으셨잖아요. 압수수색영장입니다."

김기남 반장은 눈치껏 다가와 그에게 압수수색영장을 내밀었다.

사내를 비롯한 모든 보안요원들은 절망했다.

압수수색장이 발부된 지금. 이젠 경찰에 저항하면 공무집행방해죄가 된다.

"……일단 안내는 해 드리겠습니다. 한데 너무 갑자기 오셔서 자료가 미비할 수 있습니다."

"염려 마세요. 저희가 이런 일 한두 번 했겠습니까?"

준철은 들으라는 듯 김 반장에게 큰 소리로 말했다.

"반장님, 올라가면 먼저 파쇄기부터 장악해 주세요! 지금부터 저희 허락 없이 자료 함부로 폐기하면 안 됩니다."

"아, 네."

"그리고 파쇄된 종이도 전부 압수해 주세요. 진짜 중요한 자료가 비어 있으면 그거 맞춰 봐야 할 겁니다."

반원들이 일사불란하게 흩어지자 준철은 법무팀 과장에게 슬쩍 말했다.

"그리고 담당자인 신석준 씨는 최대한 빠른 시일 안으로 공정위에 출석해 주시기 바랍니다. 만일 출석을 미루거나 또다시 입단속할 기미를 보이면 그땐 구속영장 가져오겠습니다."

❧

"뭐? 공정위에서 들이닥쳐?"

"예……."

"자료 얼마나 냈어?"

"막무가내로 덮치는 바람에…… 감출 수 있는 시간이 없었습니다."

"묻는 말에나 대답해!"

신석준 상무는 목소리를 높였다.

공정위에서 들이닥쳐 회사를 쑥대밭으로 만들어 놨다. 이걸 방어해야 할 법무팀이 속수무책으로 당하다니.

"거, 거의 다 내줬습니다."

"송 과장은 뭐 하는 사람이야? 이런 일 생기면 회사에 불리한 자료 감추라고 있는 게 법무팀 아니야?!"

"죄송합니다, 상무님. 근데 진짜 중요한 건 그게 아닌 것 같습니다. 공정위에서 노동부에 작중 명령 신청을 했다고 합니다."

그보다 더 큰 충격적인 소식을 들었을 때, 신석준은 말을 잃었다.

작업 중지 명령, 행정처벌은 지금 벌어질 수 있는 상황 중 가장 끔찍하다.

"……지금 하청사들 동향은 어때?"

"눈치를 보고 있는 것 같습니다. 공정위에 진술은 했지만 아직 저희를 직접 고발하는 사장은 없었습니다."

신석준은 하늘이 노래졌다.

밥줄 가지고 협박했는데 그게 통하지 않았다.

지금은 눈치를 보고 있지만 수사 상황이 기울면 미친 듯이 달려들 수도 있다.

"좋아. 그럼 자넨 그 제보 내용 토대로 어떤 하청에서 나온 내부 고발인지 다 파악해."

"예?"

"개가 주인을 물면 어떤 꼴을 당하는지 똑똑히 보여 줘야 할 거 아니야."

"아…… 예."

"대충 제보 내용 들으면 어떤 하청인지 알지? 파악해서 다시 하청들한테 가. 허튼수작 부리면 일감 끊길 거라는 거 확실히 이해시켜."

이 사건은 한 번 들어주면 밑도 끝도 없이 커진다.

만약 전 하청사들이 이때다 싶어 원청을 고발한다?

산업 사고뿐 아니라 단가 후려치기 등 모든 갑질까지 다 고발할 것이다.

그러니 초장에 그 희망의 싹을 밟아 놔야 한다.

"알겠습니다."

법무팀장을 돌려보낸 신석준은 옆에 있던 김 부장에게 말했다.

"김 부장. 풍산용접 일, 분명 다 좋게 끝났다 하지 않았어?"

"……죄송합니다. 합의서까지 썼는데 분명."

"지금은 그 합의서가 우리 발목을 잡을 수도 있다고."

공정위에 그 합의서가 넘어갔을까?

그랬다면 산업재해 은폐 의혹은 빼도 박도 못한다.

근데 넘어갔을 확률이 높다.

공정위가 현장에서 압수수색영장까지 가져올 정도면 분명 믿고 있는 구석이 있는 것일 테니까.

긴 한숨을 내쉰 신 상무가 말했다.

"지금이라도 덮자."

공정거래
위원회

"……."

"만약 지금 이 사태 계속되면 우리 뉴스에까지 날 거야. 그러기 전에 덮자. 풍산용접 그놈 산재 처리시켜 줘. 아니, 그냥 줄 수 있는 돈 다 줘."

듣고만 있던 김 부장은 처음으로 목소리를 높여 말했다.

"상무님. 좀만 더 냉정하게 생각해 보시죠. 그 사건 산재 처리시키는 거야말로 회사가 끝장나는 일입니다."

"숭어가 뛰면 그다음엔 망둥이가 뛸 겁니다. 이제 와 치료비를 지원하면 이미 다 끝난 일들도 다시 문제가 될 수 있습니다."

김 부장의 보고에 신석준은 놓치고 있던 걸 깨달았다.

지금까지 덮어 왔던 수많은 산업재해.

만약 이 한 번을 인정하면 다른 하청사들이 일제히 달려들 거다.

"그럼 어떡해? 작업 중지 명령 내려지면 끝이야. 행정처벌은 재판과 차원이 다른 문제라고."

"차라리 장 사장한테 뒤집어씌우시죠."

"덮어씌워?"

"예. 풍산용접이 우리 몰래 사건을 덮었다. 뒤늦게 사태 파악 후 우린 도의적인 차원에서 치료비를 지원했다. 이럼 직접적인 책임을 피할 수 있습니다."

"공정위가 핫바지도 아니고 그게 통하겠어?"

"안 통해도 해 볼 수 있는 데까지 우겨야 합니다."

신석준의 반응이 시원치 않자 김 부장이 힘주어 말했다.

"상무님. 만약 이걸 다 산재로 인정하면 저희 앞으로 대형 수주는 물 건너갑니다."

"……."

"어떤 바이어가 저희한테 오더를 넣겠습니까? 정부 입찰 사업은 물론, 대성 그룹 전 계열사에 그 부정적 영향이 미칠 겁니다."

산업재해 기록은 기업에게 전과 기록이나 다름없다.

안전 관리가 부실한 기업에게 수백억짜리 선박 계약을 맡길 바이어는 없다.

비단 여기서만 끝나는 게 아니다. 대성 그룹은 중공업뿐 아니라 건설, 철도 등 수많은 국책 사업을 맡아 오고 있었다.

한 번의 잘못을 인정하면 사업 전반에 제동이 걸릴 것이다.

신 상무는 긴 고민에 잠기다 한참 만에 입을 뗐다.

"김 부장. 그럼 장 사장 설득할 수 있겠어?"

"그 양반은 자나 깨나 일감 걱정뿐입니다. 내년부터 용접

물량 늘려 주겠다 하면 더 큰 죄도 뒤집어써 줄 겁니다."

"좋아. 근데 지금 다른 하청사들 움직임도 심상치 않은데, 나머지 놈들은?"

"공정위가 헛바람 집어넣은 거 빼야죠. 대성중공업은 절대 처벌받지 않는다, 이걸 확실히 보여 주면 다시 꽁무니 감출 겁니다."

김 부장의 강한 확신에 신 상무도 고개를 끄덕였다.

"이런. 내가 또 괜한 걱정을 했구먼. 그냥 늘 하던 대로만 하면 되는데."

"예."

"그럼 장 사장 만나서 얘기하는 건 김 부장이 해 봐. 용접 일감 늘려 주는 건 내가 200%까지 지원해 줄게."

"감사합니다. 꼭 좋은 대답 가지고 오겠습니다."

"그러니까 이게 다 풍산용접에서 덮었다는 겁니까?"

"덮었다는 게 아니라, 보고를 안 했다는 거죠. 이게 저희 답변서입니다."

며칠 뒤 공정위로 출두한 김 부장은 준철에게 요상한 답변서를 내밀었다.

―당사에선 사고 사실을 인지하지 못했다.

―진상을 파악해 보니, 풍산용접 측에서 누가 될까 봐 덮었다고 했다.

―이 일과 직접적 관련은 없으나, 도의적인 차원에서 하청 근로자에게 치료비를 지원했다.

책 한 권 분량의 답변서는 이 세 문장으로 요약될 수 있었다. 정말이지 종이가 아깝다는 생각뿐이다.

하지만 그중에는 섬뜩해지는 대목도 있었다.

답변서 뒤쪽엔 장 사장이 모든 잘못을 인정하고 거기에 증거까지 제출했다.

'하…….'

엄한 놈이 등장해 자폭 스위치를 눌러 버리다니.

이건 누가 들어도 위증이지만 법과 절차는 상식대로 돌아가는 바퀴가 아니다. 이러면 대성중공업에게 직접적인 책임을 묻기 어렵다.

준철의 눈빛이 굳어질수록 김 부장의 얼굴엔 미소가 채워졌다.

"대단하시네요. 하청 근로자 사고를 은폐한 것도 모자라, 이젠 그 사장까지 방패막이로 이용하다니."

"믿건 안 믿건 이게 저희 진상단이 파악한 내용입니다. 원하시면 당사자에게 물어보셔도 좋습니다."

"뒤에서 일감 끊겠다고 협박하실 텐데, 그분이 제대로 된 진술을 해 주겠습니까?"

"뭐 그렇게 믿고 싶으면 믿으시든가요. 하지만 수사 당국
도 법과 절차는 지켜 주시지요."

준철은 답변서를 덮어 두고 그의 눈을 응시했다.

"좋습니다. 근데 사고를 당한 제보자는 그렇게 말 안 하던
데요."

"무슨 말씀인지?"

"원청 담당자가 직접 합의를 종용했고, 구체적인 치료 지
원비까지 제시했다고 했습니다."

"제가 정확히 설명드리겠습니다. 그 제보자란 분도 안전사
고의 책임이 있었고, 이 문제로 하청 사장과 그분의 의견 충
돌이 있었습니다. 저희는 그 과정에서 양자가 합의하라 말했
던 거고요. 싸움을 말리는 게 합의를 종용한 겁니까?"

"근데 대성에서 돈은 왜 주신 겁니까? 합의만 하게끔 도우
면 되지."

"말씀드리지 않았습니까. 어디까지나 도.의.적.인 책임이
었다고."

"도.의.적.인 책임이 아니라 엄연히 법.률.적.인 책임이 있
는 겁니다. 늦게라도 알았으면 나중에 산재 처리했어야죠."

거기까진 답변을 준비 안 했던 건지 그가 말없이 노려보기
만 했다.

이에 아랑곳 않고 준철은 김 반장에게 답변서를 넘겼다.

"반장님. 기소장 하나 더 써야겠습니다. 위증 교사 혐의."

"예?"

"악질이네요. 하청사 집합시켜서 죄 대신 뒤집어쓰라잖아요. 밥줄 가지고 협박하는데 누가 버티겠습니까?"

"아니 듣자 듣자 하니까 이 사람이!"

정곡을 찔리자 그가 발끈했다.

하나 준철은 들어 줄 필요도 없다는 듯 계속 말을 이었다.

"당신들이 왜 그러는지 우리가 모른다 생각해요? 이거 하나 인정하면 지금까지 덮었던 산재 다 인정해 줘야 하니까 쇼하는 거 아니에요."

"뭐? 쇼?"

"풍산용접 이전에 일청용접. 산업재해 신고하자마자 다음 년에 거래 끊겼어요. 그 밖에도 전치 5주, 7주짜리 경미한(?) 사고는 죄다 하청사들이 자비로 보상했어요. 법원 가서 증거 싸움하면 누가 이길 것 같아요?"

"더 들을 필요도 없겠구먼. 그럼 법대로 갑시다."

그는 답변서를 도로 가져가며 준철을 쏘아봤다.

"참고로 계속 직권남용하면 우리도 좌시하지 않을 겁니다. 작업 중지 명령? 만약 우리 업장에 털끝 하나라도 손해 끼치면 그 이자까지 쳐서 받아 낼 거요."

그렇게 그가 나가자 반원들이 쑤군거렸다.

"내 참. 애도 안 믿을 거짓말을 어쩜 저리 당당하게 하지?"

"대체 그간 얼마나 많이 덮었으면."

"⋯⋯근데 팀장님. 진짜 어떡합니까? 여기서 하청 사장이 등장하면 진짜 재판까지 갔을 때 장담하기 어렵습니다."

반원들의 우려에 준철도 미간을 짚었다.

전생에선 늘 이 답답한 법과 절차에 숨어 살았는데, 당해 보니 숨통이 터질 것 같다.

"별수 없죠. 재판 가기 전에 백기 투항 받아 내야지. 반장님, 지금 노동부로 가겠습니다."

"팀장님⋯⋯ 이거 진짜 작업 중지 명령까지 받아 낼 건 아니죠?"

"갑자기 왜 그러세요."

"저기서 저렇게 나오는데 선불리 하기 좀 그렇고⋯⋯ 또 작업 중지 명령이 그렇게 쉽게 떨어지지 않잖아요."

"맞아요. 인명 사고 터져도 될까 말깐데 괜히 했다가 일만 키우지 싶습니다."

그놈의 허세가 반은 먹혔다.

직권남용, 법과 절차를 들먹이니 아무래도 다들 위축된 모양이다.

그런 우려들을 뒤로하고 준철은 달력을 보다 씩 웃었다.

"충분히 받아 낼 수 있습니다. 이런 분야는 제가 전문가니 믿어 주세요."

단숨에 고용노동부로 달려간 준철은 사정에 대해 설명했다.

대성중공업이 하청 사장을 방패 삼으려 한단 사실까지 모조리.

이 모두 신문 헤드라인으로 다뤄도 충분할 문제였지만 산업안전과장의 반응은 신통치 않았다.

"사정을 모른다는 게 아닙니다. 그러니까 근로자가 전치 50주의 진단을 받았다 이거 아닙니까?"

"사고도 모자라 그걸 은폐하려 했습니다. 지금은 하청 사장을 방패 삼아 뒤로 숨고 있고요."

부연 설명까지 했지만 산업과장은 고개를 저었다.

"그렇다고 해서 작업 중지 명령을 함부로 낼 수 없습니다. 이건 기업들에게 사형선고나 다름없는 행정처벌이에요."

"사형선고 받아야 할 사람이 계속 살아 있으니까 엄한 사람들만 다치지 않습니까?"

"……."

"뒤로는 계속해서 하청들 협박하고 있습니다. 이거 뿌리 뽑지 못하면 누가 죽을 때까지 안 끝날 겁니다."

"하면 재발 방지 대책을 요구하는 선에서 끝내시지요?"

"그 대책의 진정성을 어떻게 믿습니까?"

재발 방지 대책은 반성문이 아니다.

이 대책을 통해 현장 전반을 돌아봐야 하고, 안전 실태를 점검해야 한다.

하지만 이번 수사가 또 여기서 불발되면, 대성중공업의 재발 방지책은 반성문에 지나지 않는다.

아무도 처벌받지 않는데, 진정성이 있겠는가?

산업안전과장이 주춤하자 준철이 힘주어 말했다.

"저희가 이 조사를 통해 전 하청사를 돌아다녔습니다. 한 목소리로 말하더군요. 원청에서 계속 외주 비용을 삭감했고, 지금도 현장에선 안전 수칙이 제대로 지켜지지 않는다고."

"……."

"아직 현장에 위험한 요소가 많다는 겁니다. 나중에 정말 인명 사고 터지면 그거야말로 인재(人災) 사고 아닙니까?"

그리 말하며 준철은 서류 한 부를 내밀었다.

"그리고 저희가 지금 다루는 자료. 곧 국회로 보낼 생각입니다."

"예?"

"이제 곧 국정감사 기간 아닙니까? 여의도로 보내면 이 문제 곧 공론화될 겁니다."

"아니 지금 저희 협박하시는 겁니까?"

"협박이 아니라 관련법 개정이 필요하니 국회에 부탁하겠단 말씀입니다."

그렇게 둘러댔지만, 그가 알아들은 대로 협박이 맞았다.

"지금 그걸 말이라고 해요?! 작업 중지 명령 내려라. 안 그럼 언론에서 조리돌림당할 거다. 지금 이 소리 하고 있는 거 아니요!"

"그 뜻이 아니라니까요."

"아니긴 뭐가 아니요!"

국정감사는 청문회스타 지망생들이 벼르고 있는 계절이다.

숨 쉬는 것도 조심해야 하는 9월에 갑자기 불을 지르겠다 나오다니.

게다가 하청 근로자 문제는 그간 위험의 외주화로 꾸준히 제기되어 온 이슈다. 근데 산재 은폐까지 의심되는데 노동부가 가만히 있었다?

산업과장 머릿속엔 벌써 장·차관이 단두대로 끌려가는 모습이 상상되었다.

"우리도 전후 사정 파악하고, 사안의 심각성까지 다 고려해야 합니다! 근데 다짜고짜 이렇게 협박하면 어떡하라고요."

"무슨 일들이야?"

산업과장이 목소리를 높일 때, 한 연로한 남자가 사무실에 들어왔다.

"서, 서장님."

"뭐 그리 살벌한 얘기들을 해. 국감이 어쨌고, 작업 중지가 어쨌고."

"죄송합니다. 그게 아니라 자꾸 무리한 부탁을 해서⋯⋯."

준철은 한눈에 그 남성이 누구인지 알 수 있었다.

지방(서울)노동관서장.

바로 작업 중지 명령의 최종 결정권을 가진 사람이다.

"차영기 서장이요. 들어 보니 내 결재가 필요한 것 같은데, 뭔 일입니까?"

"현장에서 전치 50주짜리 안전사고가 발생했습니다. 책임져야 할 대성중공업은 하청 사장과 이를 은폐했고요."

"산업재해 은폐라. 그럼 검찰로 가야 하는 거 아닙니까?"

"근데 이렇게 덮은 사건이 한둘이 아니었습니다. 지금은 대성에서 하청 사장한테 뒤집어씌우고 있습니다."

사정에 대해 모두 들은 관서장이 눈을 돌렸다.

"김 과장?"

"아, 예. 전치 50주짜리 사고는 확인했습니다만, 하청 사장에게 뒤집어씌운다는 건 아직 추측입니다."

산업과장은 잠시 당황한 듯 보였으나 이내 굳은 목소리로 말을 이었다.

"그리고 부상 정도가 심하나 엄밀히 말해 사망 사고는 아닙니다. 작업 중지 명령을 함부로 낼 만한 사안이 아니죠."

"다른 팀장들도 얘기해 봐. 어디까지 파악했어?"

"조사해 보니 근로자의 부주의도 있었던 것 같습니다. 저희보단 검찰에서 맡는 게…….”

“행정명령 사안은 아닌 것 같습니다.”

“시일을 두고 신중하게 검토하는 게 좋을 것 같습니다.”

과장이 반대하는데, 팀장들이 찬성할 리 없다.

줄기차게 반대 의견이 이어졌고, 나름의 명분도 충분했다.

“서장님. 작업 중지 명령 함부로 내면 또 기업 죽이기란 말 나올 겁니다. 솔직히 명분도 부족합니다. 사망 사고 같은 민감한 문제도 없는데, 어떻게 행정명령을 내립니까?”

산업과장이 쐐기 박듯 말하자 준철이 나섰다.

“사망 사고는 ‘아직’ 안 일어났다 뿐이지, 사실상 일어난 거나 다름없습니다.”

“이보세요, 법이라는 게 그리 감성적인 게 아닙니다. 아직 안 일어난 거면, 그냥 안 일어난 거예요.”

“전치 50주짜리면 대략 어떤 사고인지 짐작 못 하십니까? 진짜 누가 죽을 때까지 기다려야 되는 거예요?”

준철은 관서장을 응시하며 다시 말했다.

“서장님. 그럼 저희가 TF(공동조사단) 제안드리고 싶습니다.”

“TF요?”

“네. 하청사들에 의하면 아직도 안전 수칙이 지켜지지 않는다 합니다. 대성에서 외주 비용을 늘 삭감해서요. 공정위와 노동부가 공동조사단 꾸려서 현장 점검하시지요. 만약 현장에서 안전 수칙이 모두 지켜지고 있다면 작업 중지 신청

철회하겠습니다."

준철의 말에 산업과장 얼굴이 새파랗게 질렸다.

안전 수칙을 모두 지키며 작업하는 현장이 어디 있겠는가?

피해자가 전치 50주의 부상을 입었다면 그 열악한 노동환경은 안 봐도 훤히 알 수 있었다.

"TF 구성이라. 김 과장, 어떻게 생각해?"

"그, 그건 어려울 것 같습니다."

"왜?"

"……솔직히 그 엄격한 잣대를 전부 적용하면 남아날 기업이 없을 겁니다."

"문제가 없다는 게 아니라, 다들 그 정도는 하니까 넘어가야 한다?"

관서장이 쏘아붙이듯 말하자 산업과장은 아예 고개를 들지 못했다.

"그런 말씀이 아니라……."

"그럼 뭐지?"

"……죄송합니다."

"나는 지금 자네한테 책임을 묻는 게 아니야. 뭘 선택하는게 가장 합리적인가를 묻는 거지."

관서장은 그리 말하며 준철을 바라봤다.

"TF 구성은 찬성합니다. 한데 공정위는 지금 한시가 급한 상황 아닙니까?"

"그렇습니다, 서장님. 저희가 모은 증거들을 봐 주십쇼. 전 하청사를 돌며 안전 실태를 파악했고, 유사 사고 사례까지 찾았습니다."

관서장은 준철이 내민 서류를 읽었고 고개를 끄덕였다.

"상습적으로 사고를 은폐한 정황이 보이는군요."

"예. 하루라도 빨리 내려야 합니다."

"그럼 작업 중지 명령 내려 드리지요."

의외의 결정에 준철도 놀랐다.

이렇게나 빨리?

"대신에 조건이 있습니다."

"말씀하십쇼."

"다른 하청사들의 정황은 다 익명으로 제보를 해 주었군요. 이거 기명으로 받아 주세요."

"예?"

"상습적인 산재 은폐. 그럼 상습적이었다는 걸 입증해야죠. 의심되는 사안이 무엇인지 구체적으로 가져와 주세요."

"그건 어렵다는 거 아시지 않습니까. 다들 보복당할까 봐……."

"법은 잠자는 권리 보호해 주지 않습니다. 바꿀 용기조차 없다면 평생 그렇게 사는 수밖에요. 익명 제보만 가지고선 작업 중지 못 내립니다."

관서장의 말엔 준철도 반박할 수 없었다.

작업 중지 명령.

공사가 하루 멈추면 기업들에겐 수억의 손해가 가고, 주가는 수십억씩 추락한다. 노동부가 확실한 증거를 요하는 건 당연한 일이다.

사정을 조금 봐줬으면 좋겠지만, 행정명령엔 절차적 하자가 있어선 안 된다.

준철은 오히려 좋게 생각하기로 했다.

"알겠습니다. 긍정적으로 생각해 주셔서 감사합니다. 거기까진 저희가 책임지겠습니다."

　

　

노동부의 기명 자료 요구에 공정위 팀은 다시 바빠졌다.

사실 이쯤은 준철도 처음부터 예상하고 있었다.

익명의 제보로 피해를 호소하는 건 법적으로 아무런 효력이 없다.

구체적인 날짜에 어떤 사고를 덮었는지 그 디테일한 진술이 나와야 한다. 이게 확보되면 재판으로 갔을 때도 공정위가 유리하다.

'가장 넘기 힘든 산이네.'

하지만 이는 말처럼 쉬운 게 아니다.

구체적인 사고 내역을 진술하면 어떤 하청인지 특정될 수 있다.

보복이 두려운 하청들은 입을 다물 것이고, 결국 아무도 나서지 않을 것이다.

'저자세로 나가면 안 돼. 깡으로 밀어붙일 필요도 있어.'

원청이든 하청이든 산재 사고를 신고하지 않은 건 범죄행위다.

수사 협조를 바라는 것보단, 차라리 이들을 공범으로 모는 게 나을 수도 있겠단 생각이 들었다.

이는 당장에 떠오른 생각이 아니라 전생에서 얻은 지혜였다.

아무리 일감 가지고 협박해도 큰 처벌 받을 거 같으면 하청도 원청을 배신했다. 사실 이들이 배신해 버리면 답도 없었다.

'당근과 채찍을 얼마나 잘 쓰느냐는데…….'

그런 고민에 한창일 때, 김 반장이 들어왔다.

"팀장님. 하청사들 별관에 다 모였습니다."

굳은 그의 얼굴은 별관 분위기가 별로 좋지 않다는 걸 말해 주었다.

"알겠습니다. 곧 내려가죠."

"근데 팀장님. 하청들이 진술해 줄까요? 안 그래도 다들 나서고 싶지 않아 하는 분위긴데…….'

"별관 분위기 찬물 끼얹은 것 같습니다. 다들 너무 조용해요.”

반원들의 우려에 아랑곳 않고 준철이 서류를 들었다.

“설득해 봅시다. 안되면 협박도 하고.”

                        ↄ

영화관 규모의 별관엔 스무 명의 사람들이 모여 있었지만, 숨소리조차 들리지 않을 만큼 조용했다.

정적을 깨고 준철이 밝게 인사를 건네 봤지만 이들은 아예 눈길조차 피했다.

더러 불만이 가득 담긴 한숨 소리만 들릴 뿐이었다.

“사정은 다 아실 테니, 긴 설명드리지 않겠습니다. 반장님.”

“네. 먼저 현 수사 상황에 대한 팸플릿 자료를 드리겠습니다.”

팸플릿이 다 돈 것을 확인한 후 준철이 다시 말했다.

“현재 대성중공업의 산업재해 은폐가 상당 부분 사실로 드러나고 있습니다.”

“……”

“고용노동부에서도 사안의 심각성을 인식하고 있고요.”

“……”

“해서 오늘은 구체적으로 어떤 사건을 은폐해 왔는지, 사장님들의 진술을 듣고자……”

"팀장님. 먼저 한 말씀 드려도 되겠습니까?"

"말씀하세요."

"단도직입적으로 말해 저희가 왜 필요한 겁니까? 회사 이름 까고 대성중공업 고발하란 소립 아닙니까?"

이를 신호로 구석구석에서 불만이 터져 나왔다.

"그거 못 한다는 거 아시잖아요. 회사가 특정될 수 있는 진술은 못 합니다."

"솔직히 이젠 그냥 좀 덮고 싶습니다."

"우리 업장에서 일어난 사고도 아닌데 대체 언제까지……"

불만이 이어지자 준철이 말을 끊었다.

"그리 말씀하시기 전에 먼저 팸플릿을 읽어 봐 주시길 바랍니다."

사장들의 시선이 모두 서류로 향했고, 이내 얼굴이 새파랗게 질렸다.

"아, 아니…… 이건."

"제가 일전에도 말씀드렸을 겁니다. 자발적이었든 협박을 받았든 산재 사고 덮은 것에 대해 사장님들 책임도 자유로울 수 없다고."

"지금 저희도 기소하겠단 말씀입니까?"

"일전에 약속드렸듯 그럴 일은 없을 겁니다. 하지만 대성중공업의 작태를 봐주세요. 현재 사고를 모두 풍산용접에 전

가시키고 자기들은 몰랐다는 식입니다. 지금은 여러분들 문제가 아니지만 곧 여러분들 차례입니다."

그리 말하자 달아올랐던 회의실이 다시 고요해졌다.

반박할 수가 없었다. 대성중공업은 자신들에게도 충분히 이런 짓을 하고 남을 놈들이다.

"참고로 저희는 이번 사태 끝나면, 대성중공업에 재발 방지 대책을 받아 낼 계획입니다. 이 일로 하청들에게 보복을 하지 않는다. 당연히 이 조항이 들어가겠죠."

"그걸…… 어떻게 믿습니까? 나중에 우리 일감을 끊으면 그만 아닙니까?"

"갑질하다 걸리면 벌점이 부과되는데, 이게 누적되면 공공기관 사업에 입찰 제한됩니다."

공공기관은 대성 그룹의 최고 vip다.

"저흰 당연히 최고점 부과할 겁니다. 대성이 이 일을 보복하면 작업 중지가 아니라 상장폐지를 당할 겁니다."

그렇게까지 말하자 별관 분위기도 조금씩 바뀌었다.

이들은 늘 갑질을 당해 오던 사람들이었고, 이제 겨우 불공정한 관행을 바꿀 수 있는 기회를 얻었다.

진술을 하면 바뀔 수 있는 일말의 희망이라도 생기지만, 침묵하면 또다시 그 지옥으로 돌아가야 한다.

"정말 한 발자국 남았어요. 여러분들께 피해가 가지 않게끔 엄정 대응하겠습니다."

그리고 준철이 다시 한번 설득하자 한 사내가 조심히 손을 들었다.

"저희 명진강판…… 운송 작업하다 직원이 전치 4주 진단 받았습니다. 한데 대성에 보고하니 덮으라고 했습니다. 이 모두 신석준 상무가 지시한 일로 알고 있습니다."

"……저희 진경사는 대성중공업 식당에서 밥 먹고 식중독에 걸렸었습니다. 당시 원청근로자 하청 근로자 모두 식중독에 시달렸는데, 원청 직원만 산재 처리시켰습니다."

"저희 태경화학은 산재 신청해 달라고 얘기만 꺼냈었는데, 바로 다음 해에 일감을 줄였습니다!"

"저흰 신석준 상무랑 직접 나눈 대화 기록도 있습니다! 현장에서 터진 사고를 계속 저랑 직원 잘못으로 몰아갔어요."

산재 처리 안 해 준 것도 억울한데, 기어코 그걸 하청 사장한테 전가시키다니.

대성중공업의 밑천을 본 이들은 미련 없이 진술하기 시작했다. 그중엔 너무 억울해서 보관하고 있었다는 증거까지 등장했다.

이들의 진술이 모두 끝날 때까지 기다리다 준철은 핸드폰 녹음기를 껐다.

"협조해 주셔서 감사합니다. 지금부터 저희가 드리는 종이에 구체적인 내용들을 모두 진술해 주십쇼. 증거 가지고 계신 분은 따로 제출해 주셔도 됩니다. 날짜, 사고 내용, 그리고 당시 담당자. 이 세 가지가 모두 정확히 적혀야 합니다."

준철은 그리 말하며 김 반장을 따로 불러냈다.

"반장님. 저거 증거 전부 다 문서로 남겨서 빨리 노동부로 넘겨주세요."

"예. 내일 당장에라도 넘길까요?"

"빠르면 빠를수록 좋죠. 그리고 과장님께 넘길 자료도 따로 정리해 주세요."

"구속영장 들어가시게요?"

"예. 이 정도면 충분히 구속 수사 받아 낼 수 있습니다. 작업 중지 명령 떨어지자마자 바로 신석준 구속 절차 들어가겠습니다."

-다음 소식입니다. 국내 4위 조선업체, 대성중공업에 작업 중지 명령이 떨어졌습니다. 고용노동부는 그간 대성에서 산업 사고를 상습적으로 은폐했다 사유를 밝혔는데요.

-주된 피해자는 대성의 하청 근로자였습니다. 발단엔 전치 50주 사고까지 덮었던 것으로 알려졌습니다. 이에 고용부는 현장에서 안전 수칙이 제대로 시행되고 있는지 전면 조사를 예고했습니다. 금일 대성중공업 주가는 대폭 하락하며 마감했습니다.

-증시에 미치는 파장이 얼마나 될지 신은진 기자가 전합니다.

작업 중지 명령은 대성중공업의 시총을 하루 사이에 120억이나 증발시켰다.

단순한 패닉 매도가 아니었다.

노동부는 기한 없는 작중 명령을 내렸고, 공정위는 지금까지 은폐했던 모든 정황을 언론에 터트렸으니 말이다.

"……현재 저희 비상경영팀에서도 내용을 확인 중에 있습니다. 진위 여부를 떠나 국민 여러분께 심려를 끼쳐 드린 점, 진심으로 사죄의 말씀 드립니다."

나흘 뒤 대성중공업은 사죄문을 냈지만 시총은 이미 700억이나 증발한 후였다.

심지어 그 사죄문도 혐의를 인정하거나, 향후 대응에 관한 말은 일절 없었다.

－기한 없는 작업 중지 어떻게 해결할 거야? 하루 손실 40억씩 이거 어떻게 메울 거야? 작업 중지 풀리면 하청 다시 갈아 넣어서 만회할 거야?

－사내 급식 먹고 똑같이 식중독 걸렸는데, 자사 직원만 치료해 준 기 실화냐?

노동부가 현장에서 발견한 26건의 안전 수칙 위반을 발표하자, 그나마 회사 편이던 개미 투자자들까지 이성을 잃었다.

근로자의 생명줄인 족장(임시 구조물)은 짓다가 만 게 대다수였고, 밀폐 공간의 환풍 장치는 구멍 몇 개 뚫고 나중에 땜질하는 식이었다.

아직까지 사람이 안 죽은 게 기적이었다.

공정거래
위원회

바닥까지 떨어진 주가가 지하로 곤두박질치는 일만 남았다.

－어쩔 수가 없어요. 원청에서 예산 삭감하면 저희는 당연히 안전 장비부터 줄여요.

－원청이 제일 잘 압니다. 그 돈 주고 작업시키면 안전장치 설치 못 한다는 거.

그리고 하청사들의 추가 폭로까지 이어지던 날.

중공업 서열 4위의 대성이 주식시장에서 매매 정지를 당했다.

❧

"한 말씀만 해 주십쇼! 대성중공업의 어디까지 관여되어 있습니까?"

"다수의 하청사들이 폭로를 하고 있는데, 추가 폭로가 또 있습니까?"

"수사는 구속으로 진행되는 겁니까?"

영장 신청을 하러 온 준철은 서초역부터 장사진을 치고 있는 기자들과 마주해야 했다.

"죄송합니다. 저흰 오늘 검찰에 고발 신청을 하러 왔습니다."

"대기업 주식이 거래정지를 당한 초유의 사태입니다. 투자자와 국민들을 위해 한 말씀만 해 주십쇼."

준철은 뜻하지 않게 포토 라인에 섰다.

사건과 무관하게 선의의 피해자가 생긴 시점이다.

고발 부처 팀장으로서 수사 상황에 대해 보고를 해 줄 의무는 있었다.

"전치 50주짜리 사고에 대해선 의견이 분분합니다. 언론보도가 어디까지 사실입니까?"

"언론에 나온 내용 모두 사실입니다. 현장은 안전 수칙이 지켜지지 않는 열악한 구조였고, 피해자는 사고를 당했습니다."

"대성에서 이를 은폐했단 사실도요?"

"저흰 이에 관한 증거를 수집했고 오늘 검찰에 고발할 예정입니다."

"최종 배후에 대한 추측이 많습니다. 하청 책임자였던 임직원의 잘못입니까, 아님 최대성 회장까지 연루되어 있습니까?"

"최 회장이 직접 결재한 문서는 발견되지 않았습니다. 하지만 간접적으로 지시를 했을 가능성은 열어 놓고 있습니다. 자세한 건 관련자 소환 후 다시 말씀드리겠습니다."

준철이 포토 라인을 벗어나자 기자들이 화들짝 놀라며 따라붙었다.

"그럼 최대성 회장까지 소환할 가능성이 있습니까?"

"주식 매매 정지는 언제 풀립니까?"

"처벌 수위는요?"

준철은 무덤덤한 얼굴로 카메라를 비켜 걸었다.

대답하면 할수록 논란만 더 커질 문제다.

제발 법원이 현명하게 판단했기를.

❧

"아니 이거 무슨 진짜 정치권에 줄 댄 거 있습니까?! 사태가 이 지경인데 불구속이요?"

준철의 평정심은 담당 검사 앞에서 여지없이 무너졌다.

사실 오늘 이 자리는 고발하려고 온 자리가 아니었다. 구속 심사 결과를 들으러 온 자리였다.

민감한 문제니만큼 기자들에게도 함구했는데, 이럴 거면 차라리 폭로를 해 버릴 걸 그랬다.

"검사님. 이게 말이나 됩니까?"

"죄송합니다. 근데 이건 저희가 아니라 법원이 결정한다는 거 아시지 않습니까."

"그럼 재심사 넣죠. 이건 말이 안 됩니다. 증거 인멸의 가능성이 저렇게 큰 사람을 어떻게 불구속 수사합니까?"

"도주의 우려가 없습니다. 그리고 지금은 하청들까지 자진해서 대성중공업 고발하고 있습니다. 증거 인멸도 불가능한 수준이에요."

사실 불구속 수사가 원칙이고, 신석준이 도주 가능성도 없다는 것쯤은 잘 안다.

하지만 구속 심사는 법원에서 이를 얼마나 심각하게 인지하는지 판가름하는 척도다.

판사가 직접 판단하는 거라 미리 보는 1차 판결이나 다름없다.

"너무 그렇게 극단적으로만 생각하지 마세요. 이미 돌이킬 수 없는 정도로 증거가 나오지 않았습니까?"

"검사님. 유죄 입증 못 할까 봐 그러는 게 아닙니다. 저희이 수사한 지 3개월이 넘었는데, 신석준 상무 얼굴을 한 번도 못 봤습니다."

"그건……."

"법이 얼마나 우스우면 저렇게 오만방자하겠습니까?"

구속이 기각돼서 화가 나는 이유는 또 있었다.

신석준이 아직도 나타나지 않았다.

"제가 증거 인멸을 강조하는 건 또 엄한 사람 대타로 세우고 뒤로 숨을 가능성도 고려해서입니다."

"걱정하지 마세요. 어제 풍산용접 장지환 씨가 진술 바꿨습니다. 대성에서 일감 가지고 협박했단 사실 모두요."

"신석준 상무도 이를 인정하던가요?"

"오늘이 첫 취조입니다."

공정거래
위원회

"제가 직접 만나 봐도 됩니까?"

"안 될 거 없죠. 먼저 시간 드릴 테니 독대하세요."

따지고 싶은 게 많았지만 그쯤 하기로 했다.

지금은 검찰과 호흡을 맞출 때 아닌가?

'홍대현 판사…… 이 처죽일 놈.'

준철은 영장기각서를 보며 판사 이름을 곱씹었다.

누군지는 모르겠지만 은퇴하고 대성중공업에서 거하게 모셔 갈 놈이다.

전생에서 아닌 놈을 못 봤다.

❦

처음 만난 신석준 얼굴엔 곤두박질친 주가의 그늘이 그대로 드러났다.

수척해진 얼굴을 감추려는 듯 눈을 부릅뜨고 있었는데, 도리어 그 모습이 더 초라해 보였다.

"드디어 뵙네요, 신석준 씨. 한 번도 저희 소환에 응하시지 않더니."

슬쩍 성질을 한번 긁자 그가 대뜸 언성을 높였다.

"작업 중지는 행정명령 남용 아니요?"

"어떤 부분이요?"

"인명 사고도 아닌데 어떻게 이런 극단 처벌이 내려지지?"

"사유서 드렸잖아요. 사망에 준하는 사고, 상습적인 산재 은폐라고."

"그거야 핑계고! 재판 유리하게 끌려고 여론에 불 지핀 거 아니야?! 죄라 해 봤자 고작 경영 과실인데, 그 하나로 몇십 억이 날아갔어! 이래도 권력 남용이 아니야?"

'이거 완전 여우 새끼네.'

확실히 영악한 놈이다.

작업 중지 명령은 사실상 공론화의 목적이 더 컸다. 모든 범죄는 공론화가 되어야 수사처에 유리해지니까.

여기엔 공정위의 약점도 있었다. 사망 사고가 아니었는데도 사망에 준하는 사고라 주장해 관철시키지 않았나?

하지만 신석준이 왜 대뜸 이런 공격을 하는지 그 이유가 빤히 보였다.

"변호사가 그렇게 컨설팅해 줬나 보죠?"

"뭐?"

"공격이 최선의 방어다. 하청들 산재 은폐한 건 어차피 못 덮는다. 그럴 바엔 수사 당국의 절차적 문제를 거론해 이걸로 법정 다툼하자. 이런 의도로 보이는데."

변호사가 해 줬던 말을 준철이 그대로 읊자 그의 눈길이 취조실 카메라로 향했다.

"오해는 마세요. 피해자가 변호사랑 대화 나눌 땐 저거 끕니다. 녹음도 안 하고."

"뭐야 당신?"

"근데 행정명령에 위법 판결 떨어져도 우리한테 손배 청구 못 합니다. 이런 문제엔 형법보다 국민정서법이 더 우선 적용되거든. 아니 애초에 위법 판결도 못 받을걸?"

"뭐냐고 너!"

"경험자. 당신 같은 놈에 대해 누구보다 잘 아는 사람."

준철이 알아들을 수 없는 얘기를 해 대자 신석준은 더 이상 입을 뗄 수 없었다.

"헛소리는 서로 그쯤 합시다. 하도 얼굴 안 비치셔서 우리 할 얘기가 산더미예요."

얼굴이 굳어진 그와 달리 준철은 외려 화색이 돌았다.

서류를 만졌을 때 들려온 불명의 대화.

그 목소리의 주인공을 바로 지금 이 자리에서 확인했다.

이놈이 최종 배후자다.

"좋소. 그럼 긴말 안 하지. 나를 구속하든, 조리돌림하든 상관 안 할 테니 당장 작업 중지 명령은 푸는 게 좋을 거요."

"그거 풀고 싶으면 하나만 대답하세요. 하청 근로자들 산업재해 은폐. 그거 당신이 지시했습니까?"

"난 모르는 문제요."

"이 사건의 발단인 전치 50주 사고 아시죠. 당시 피해자가 원청, 신석준 상무의 지시로 이 일을 무마했다 했습니다."

"사실무근이요. 그건 하청 사장과 하청 근로자의 문제요."

"그리고 어제, 하청 사장 장지환 씨가 진술을 번복했습니다. 원청 담당자의 청탁이 있었고, 죄를 뒤집어써 달라는 위증 교사도 있었다."

신석준도 여기까진 예상 못 했는지 얼굴이 곧 굳어졌다.

"인정하세요. 본인이 은폐해 왔잖아요."

"……."

"대성에서 천만 원, 하청에서 천만 원 주고 나머지 피해는 근로자한테 전가시킨 거. 여기 빼도 박도 못 하게 나와 있습니다."

증거까지 들이밀어 주자 놈이 갑자기 엉뚱한 말을 꺼냈다.

"……그건 실무 선에서 오해가 있었던 모양입니다."

"실무 선?"

"당시 하청 담당자였던 김 부장이 위로금으로 준 건데, 이제 와 이상한 돈이 됐어요. 해서 해당 관계자에겐 징계 처분을 내렸습니다."

준철이 피식 웃었다.

"난 또 뭔 소린가 했네. 본인 잘못이 아니라 또 부장급에게 전가하겠다는 겁니까?"

"믿지 않겠지만, 그게 사실입니다."

"설사 그게 사실이라 해도, 최종 책임자는 당신이에요."

"책임은 인정합니다…… 근데 자세한 건 나도 몰랐어요."

"어떻게 몰라요. 여기 당신이 사인한 서류가 덩그러니 있

공정거래
위원회

는데."

"정말 몰랐습니다."

코앞에 증거를 내놔도, 모른다.

피해자가 직접 지목했다 해도, 모른다.

놈의 막무가내식 변명이 계속되자 준철은 미련 없이 자리에서 일어나 버렸다.

"재판 전략이 너무 구닥다리 아니에요? 싸구려 변호사 쓰신 거 같은데."

변호사가 뒤에서 뭔 수작을 부리고 있는지 눈에 훤히 보였다.

준철은 취조실에서 나와 담당 검사에게 모든 걸 설명했다.

검사는 신석준이 버티기에 들어간다는 건 알아들었지만, 뒷말은 한 번에 이해하지 못했다.

"그러니까 저쪽에서 3심까지 오래 끌 거라고요?"

"예."

"그걸 어떻게 압니까?"

"코앞에 증거 들이밀어도 모른대요. 아직도 하청 탓, 부하 직원 탓입니다. 이건 3심까지 끌다가 여론 잠잠해지면 그때 제대로 붙겠다는 겁니다."

그제야 담당 검사도 온전히 이해했다.

기업 소송은 늘 이런 식이다. 여론이 불리할 땐 납작 엎드리고, 잠잠해지면 절차 위배, 증거 불충분 같은 온갖 저열한 방식으로 자길 변호할 것이다.

"근데 좀 이상하네요. 대형 로펌에선 절대 저렇게 자문 안 해 줬을 텐데."

"무슨 말씀이죠?"

"대한민국 최고 변호사들이 붙었을 텐데, 방식이 너무 촌스러워요. 다툴 여지가 없는데 계속 무의미한 시간을 끈달까."

탈세, 비자금, 횡령 사건은 법을 어떻게 해석하느냐에 따라 형량과 벌금이 천차만별이다.

하지만 산업재해 은폐는 단순히 했느냐, 안 했느냐의 문제다. 3심까지 끌 필요가 없다. 판사의 주관이 끼어들지 못하는 영역이니까.

그래서 준철은 더 이해할 수 없었다.

신석준의 만행이 아무리 잘못되었어도 이건 집행유예로 끝날 사건 아닌가?

징역 1년짜리 집행유예나, 2년짜리 집행유예나 아무런 차이가 없다.

불붙은 여론을 빨리 잠재우고 당국에 선처를 바라는 게 제일 현명하다.

"설마 진짜로 무죄를 주장하나? 그건 아닐 것 같은데 대체 뭔지."

준철이 미간을 짚으며 고민하자 담당 검사가 슬며시 웃었다.

"여기까진 말씀 안 드리려 했는데…… 눈치가 상당하시군요."

"예?"

"사실 신석준이 출석하기 전에 변호사 먼저 만나 봤습니다. 근데 대형 로펌 사람이 아니더군요."

준철의 눈이 화등잔만 해졌다.

대성중공업 정도면 전관 변호사까지 쓸 수 있는데, 대형 로펌이 아니다?

"설마 개인 변호사 썼습니까?"

"예. 근데 그렇게 몸값 높은 변호사는 아닙니다."

"아니 대성중공업에서 변호사 선임해 줬을 텐데 왜……?"

"선임을 안 해 준 것 같습니다. 사정을 모르겠지만 대성에서도 저 사람 정리하는 것 같아요."

"아……."

검사의 설명에 준철은 맥이 빠졌다.

등잔 밑이 제일 어둡다더니. 대성에서 신석준을 손절할 거란 생각을 왜 못 했을까!

'아이고– 왜 저리 뻔뻔한가 했더니.'

그제야 신석준이 왜 말도 안 되는 걸 우기는지 이해가 되었다.

이제 놈은 끈 떨어진 원청 임원이다. 대성 그룹의 간판을 보며 참아 왔던 하청들이 이젠 어떤 폭로를 할지 모른다.

"진짜 제대로 물어뜯기겠군요."

"네. 하청 사장들이 지금까지 했던 향응, 접대 모든 걸 다 폭로할 겁니다. 돈 찔러 준 거 있으면 그것도 나올걸요."

"그럼 검사님. 이거 생각보다 오래 끌 수도 있겠습니다. 신석준이 계속 버티는 건 회사에 대한 불만도 있어 보이네요."

딴에는 회사를 위해 일했는데, 손절을 당하니 그 섭섭함은 이루 말할 수 없을 것이다.

그 심정은 자신도 당해 봐서 더 잘 안다.

"근데 저쪽에서 눈치 싸움 하는 거 마냥 기다릴 순 없잖아요."

"무슨 대책이 있으십니까?"

"최 회장 한번 소환하시죠. 그럼 저쪽도 정리하는 거 서두를 겁니다."

검사가 아무리 증거 들이밀어도 안 먹힌다.

그놈 위에 있는 회장이 그만두라고 압박하는 게 빠르다.

"아…… 근데 최 회장 소환하기엔 명분이 너무 없는데요. 저희가 압수한 자료에 회장 결재는 없지 않았습니까?"

"만들면 되죠. 임원의 비리를 회장이 몰랐다는 게 말이 안 된다, 당사자가 계속 부정하는 걸로 보아 최종 결재까지 따로 있을 거 같다."

"허허. 이거 좀 속 보이는데."

"꼭 입건 처리를 안 해도 됩니다. 참고인으로 한번 부릅시다."

소환의 진목적은 회장님에 대한 처벌이 아니다.

영감님을 검찰로 불러와 망신을 주는 것이다.

"알겠습니다. 그럼 명분 하나 만들어 보죠."

막힘없는 시원한 대화에 두 사람은 격 없이 웃었다.

소환장은 검사에게는 등기만 부치면 끝나는 간단한 서류지만, 그걸 받는 최 회장 머릿속엔 오만 생각이 다 들 것이다.

❧

한 시간째 줄담배를 물고 있던 최대성 회장은 이윽고 재떨이를 집어 던졌다.

"김 비서 들어오라 그래. 지금 당장!"

인터폰까지 박살 내 버렸지만 분은 조금도 가시지 않았다.

굴지의 기업 대성 그룹이 매매 정지 사흘째다. 중공업 리스크가 전 계열사로 퍼져 이젠 대성 불매 운동까지 일어나고 있다.

황급히 들어온 사내는 널브러진 인터폰과 재떨이를 보며 자신의 운명을 직감했다.

"그때 공정위한테 압수당한 서류. 거기에 분명 내 결재는 없다 하지 않았어?"

"예, 회장님 명의의 결재는 없었습니다. 법무팀에서 수십

번 검토했습니다."

"그럼 이따위 소환장이 왜 내게 오냔 말이야!"

최 회장이 소환장을 허공에 던지자 그가 착잡하게 말을 이었다.

"죄송합니다만 사실…… 신석준 상무가 검찰에 협조하고 있지 않는다 합니다."

"그놈이? 내가 분명 조속히 해결하라 했을 텐데?"

"아무래도 섭섭해하는 것 같습니다. 자기는 회사를 위한다고 한 일인데 저희가 나서 주질 않으니……."

최 회장은 기가 찼다.

어디 감히 충견 주제에 주인에게 섭섭한 감정을?

"죄송합니다. 법률팀도 계속 자수를 권하고 있습니다만…… 신 상무가 사내 기밀을 많이 알고 있어 함부로 대응할 수 없었습니다."

"이래서 머리털 검은 것들은 쯧쯧─ 그간 나 몰래 하청들한테 챙겨 받은 돈도 많을 텐데."

사내 감사팀을 동원해 놈의 향응, 비리, 불법 접대를 찾는 건 일도 아니다. 하청 관리 임원이 이를 안 받았을 리도 없다.

하지만 김 비서의 말대로 신석준은 사내 기밀에 대해 많은 걸 알고 있고, 지금은 잃을 것도 없는 놈이다.

"그놈 들어오라 그래."

"예, 알겠습니다."

공정거래
위원회

얼마 뒤 들어온 신석준은 회장님의 눈길을 피하며 고개를 숙였다.

"죄송합니다, 회장님."

"죄송은 뭘. 회사 위해 일하다 보면 그럴 수도 있지."

"······제 충정 하나만 이해해 주십쇼. 정말 회사를 위한 일이었습니다."

이해를 바라는 목소리로 말했지만 회장님의 반응은 묘하게 차가웠다.

"충정이라. 근데 무식한 놈들이 하는 충정은 나도 사양이야. 꼭 사고를 치거든."

"······예?"

"하청들 산재를 막은 거는 이해해. 근데 전치 50주짜리 사고를 왜 막았을꼬?"

"산재 기록이 남으면 일감 받을 때 치명적입니다. 저로서는 당연히······."

"아니, 내 말은. 그럼 나중에 치료비 전액을 줄 것이지 왜 그 돈까지 아꼈냐고. 3천이면 끝날 문제를 이젠 300억으로 덮게 생겼네?"

그제야 회장의 진의를 깨닫고 신석준이 납작 엎드렸다.

"죄송합니다. 치료비를 전액 지원하면 그다음엔 다른 보상을 또 요구할 것 같아 그만······."

"피해 보상 요구해 봤자 300억보다 커? 네놈이 회사에 끼친 피해보다 그 돈이 더 커?!"

최 회장은 타이르듯 말하겠다 다짐했지만 놈의 변명을 들으니 기어코 울화통이 터졌다.

"내가 그냥 덮으라고 언질 줬는데, 왜 가서도 인정을 안해?"

"죄, 죄송합니다. 근데 시간을 좀 주십쇼. 이 문제 해결할 수 있습니다."

"해결? 이제 와 뭔 해결?"

"법률상 저희가 직접 고용한 사람은 아닙니다. 1차적 책임은 하청 사장에게……."

최 회장이 코웃음 쳤다.

"네놈 변호사가 그리 말하든?"

"일단 구속 심사는 막았습니다. 재판도 충분히 해 볼만 합니다."

"신 상무. 대단한 착각을 하고 있구먼?"

"……예?"

"구속 심사 막은 건 내 아는 연줄 다 동원해서지, 네 변호사가 대단해서 그런 거 아니야. 그리고 네놈 구속 막은 건, 회사 위신을 생각해서 숨줄만 붙여 놓은 거야. 그게 너 좋으라고 한 줄 알아?!"

최 회장의 호통에 신석준은 사지가 굳는 느낌이었다.

이건 회장님이 내리는 사형선고나 다름없다.

"회, 회장님…… 한 번만 살려 주십쇼. 제가 일반인 신분으로 재판받으면 온 하청들이 저를 물어뜯을 겁니다. 그래도 제가 대성을 위해 일하지 않았습니까."

신석준은 바짓가랑이라도 붙잡을 듯 바닥을 기었다.

"무죄는 바라지도 않습니다. 재판까지만 살려 주십쇼."

"살려 달라? 사내 기밀 알고 있다고 법률팀 은근히 협박한 것 같던데, 내가 자넬 왜?"

"아닙니다. 그런 뜻 없었습니다."

"아니긴 뭘 아니야. 네놈 하는 거 보면 견적이 다 나오는데."

"믿어 주십쇼. 기필코 그런 뜻 없었습니다."

신석준은 고개를 조아리며 눈물 콧물 쏟아 냈지만 최 회장은 아예 시선도 주지 않았다.

"신 상무. 나한테 섭섭해하지 마. 이걸 빌미로 네놈이 저지른 비리 찾아내는 거 그리 어려운 일 아니야. 하청한테 접대 안 받았다고 내 앞에서 말할 수 있나?"

"……."

"섭섭은 내가 자네한테 해야지. 난 자네 퇴직금까지 건들 생각 없네. 그러니 이쯤에서 그냥 나가."

❧

최 회장은 신석준이 바닥에서 작성한 사직서를 바라보며

한숨을 내쉬었다.

하극상 진압은 완료가 되었지만 아직 가장 중요한 문제가 남았다.

그는 다른 손에 들려 있는 소환장을 보고 김 비서에게 물었다.

"이거 진짜로 검찰에 출두해야 하는 게야?"

"보여 주기식 소환장일 겁니다. 신 상무 압박용으로요."

"아니, 출두해야 하냐고."

"……예. 출두는 하셔야 할 것 같습니다."

검찰에 가 봤자 간단한 사실 확인 정도에 지나지 않을 것이다.

하지만 법원에서 대기하고 있을 기자들을 생각하면 머리가 까마득하다.

대성 불매 운동까지 벌어지는 시점이니, 계란 폭탄을 맞아도 이상할 게 없다.

"회장님. 그러지 말고 미리 출석하시지요."

"먼저 가라고?"

"예. 어차피 예정된 날짜에 출석하면 기자들 전부 다 대기하고 있을 겁니다. 차라리 먼저 출석해 선처를 구하십쇼."

최 회장 머릿속에도 이보다 좋은 방법은 떠오르지 않았다.

"저희 잘못 인정하고 재발 방지 대책 가져가면 그래도 선처해 줄 겁니다. 그리고…… 저희 지금 제일 급한 건 작업 중지 해제입니다. 당국과 합의하는 건 한시가 급한 일입니다."

"그럼 검찰보단 차라리 공정위로 가는 게 어때. 이쪽이 고발 부처니까."

"예. 그편도 나쁘지 않습니다. 어차피 과징금 논의도 공정위랑 해야 합니다."

"그럼 공정위에 연락해. 검찰 출석은 따로 할 테니 그 전에 한번 보자고."

최 회장은 긴 한숨과 함께 자리에서 일어났다.

보자고 하는 게 아니라 뵙자고 해야 한다.

앞으로 당할 치욕을 생각하면, 신석준의 퇴직금도 회수해 버리고 싶었다.

❧

"혐의를 모두 인정하겠습니다. 대성중공업을 대표해 진심으로 사죄드립니다."

소환장을 날린 효과는 즉각 나타났다.

최 회장이 전 계열사 사장들을 대동해 공정위에 직접 출두했다.

"그냥 사과만 하러 오신 건 아니겠죠?"

준철이 묻자 비서로 보이는 사내가 서류 뭉치를 내밀었다.

"재발 방지 대책입니다. 그 전에 먼저 신 상무 거취에 대해 말씀드리자면…… 해당 임원은 오늘부로 모든 자리에서 물러날 겁니다."

"잠깐 물러나는 겁니까, 아주 물러나는 겁니까?"

"……잠잠해졌다고 다시 불러들일 생각 없습니다. 완전히 해고됐습니다."

"그 약속 꼭 지키셔야 할 겁니다. 안 그럼 저희도 이 대책안이 진정성 있다고 판단하기 힘들어요."

최 회장까지 끄덕인 걸 확인한 후 준철이 서류를 들었다.

그들이 가져온 대책안엔 경영진이 고민한 흔적이 보였다. 향후 대책은 물론, 기존 피해자들에게 어떤 보상을 해 줄지도 나와 있었다.

"흠……."

하지만 어떤 대목은 이해가 가지 않았고, 또 어떤 대목은 너무 협조적이라 의심이 갔다.

"몇 가지 궁금한 점이 있는데요."

"말씀하세요."

"이 상생기금에 대해 좀 더 설명해 주세요."

"네. 지금까지 산재 신청 못 한 하청 근로자가 꽤 있는 것으로 압니다. 하여 저희는 30억 상당의 기금을 마련해 모든 피해자에게 지원할 계획입니다."

"치료비를 대신한다고요?"

"예."

언뜻 들으면 지극히 상식적인 얘기지만, 기업들 꿍꿍이를 훤히 아는 준철에겐 헛웃음만 나오는 얘기였다.

"그걸 왜 회삿돈으로 내요?"

"예?"

"산재 처리 시킬 수 있는 문제를 왜 회삿돈으로 내냐고요. 보험으로 처리해야죠."

"어찌 됐건 피해자에게 보상을 해 주니⋯⋯."

"그게 아니라 산재 기록 안 남기고 싶어서 사비로 지원하 겠다는 거 아닙니까?"

"그, 그런 뜻이 아닙니다. 피해자 보상을 위해 기금을 마련 하겠단 겁니다."

"뜻이 그러시면 이 돈은 임원들 월급을 깎거나, 회장님 사 비로 만들죠."

"⋯⋯."

"주주들은 이 사건의 2차 피해자입니다. 이미 까먹은 돈만 수백억인데, 회삿돈을 또 허튼 데 쓰실 겁니까?"

준철의 지적에 사장단 얼굴이 삽시간에 굳어졌다.

산재 기록이 남으면 추후 일감을 따낼 때 치명적이다.

저 작은 꼼수를 부리기 위해 몇 날 며칠을 씨름했는데. 젊 은 팀장 놈이 그걸 간파해 버렸다.

"그게 아니라 저희도 법률 자문을 다 마치고⋯⋯."

"그만들 하지."

무어라 변명하려 할 때, 최 회장의 날카로운 음성이 파고 들었다.

"죄송합니다. 저희 사장단도 급히 대책을 내느라 미흡했습니다. 말씀해 주신 의견을 반영해 산재 처리하도록 하겠습니다."

"좋습니다. 근데 이와 별개로 상생기금 자체는 좋은 생각 같네요. 이 돈으로 현장 점검 더 하고, 미흡한 안전 장비 보완하시죠. 노동부가 적발한 안전 수칙 위반만 20건이 넘었습니다."

"……알겠습니다. 반영하겠습니다."

그 뒤 하청사 대표를 뽑겠다, 내부 윤리 규정을 강화하겠다 등의 방지 대책이 있었지만 별로 유심히 보지 않았다.

'어차피 안 지키면 그만인 거.'

중요한 건 이따위 공수표가 아니라, 놈들의 두려움이다.

또 갑질을 해 대면 그땐 회사가 기울어 버릴 수도 있다. 이 경고 메시지야말로 가장 좋은 재발 방지 대책이다.

준철은 펜대를 굴리며 계속해서 서류를 검토했다.

그 시간이 길어질수록 경영진의 속은 새까맣게 타들어 갔다.

"저…… 이제 처벌 수위를 논의드리고 싶은데."

한 사내가 그리 말하자 준철은 이제 막 생각났다는 듯 말했다.

"아, 처벌 수위 말씀드려야죠. 여기 있습니다."

공정거래
위원회

[우월적 지위를 이용한 부당 행위, 산재 은폐 협의를 확인. 원청사 대성중공업에 150억의 과징금을 부과한다.]

[상기 내용을 근거로 공공사업 입찰에 자격정지 1년에 처한다.]

경영진은 망연자실한 얼굴을 감출 수 없었다.

과징금 150억과 공공기관 사업에 입찰 금지.

예상했던 수위보다 훨씬 더 큰 처벌이 떨어졌다. 공정위 처분은 1심 판결과 같으니 이대로 처분이 결정되면 회사에 재앙이었다.

"이건 너무 과합니다."

"과징금 150억은 주로 사망 사고 벌어질 때나 나오는 거 아닙니까?"

"입찰 금지라니요. 저희 대성은 공공기관 물량이 20%인데 이건 굶으란 거나 다름없습니다."

재발 방지 대책이 반성하는 척하는 서류였다는 건 금세 드러났다.

처벌 수위를 말하니 바로 밑천을 드러내지 않는가?

"어떤 부분이 과하다는 겁니까?"

"일단 과징금 150억은 너무 많습니다."

"그간 산재 은폐해서 이득 많이 보셨잖아요. 일감 따낼 때 안정성 평가는 거의 만점 아니었습니까?"

"……."

"원칙대로 따지면 그것 또한 부당이득입니다. 그리고 공공기관 일감은 저희가 제한하지 않아도 당연히 배제될 겁니다. 1년이면 그간 덮었던 사고들 보상하기에도 벅찬 시간이죠."

"……."

"저희 처분이 과하면 불복하셔도 됩니다. 근데 행정소송 제기하면 저희는 200억으로 부를 겁니다."

이게 가장 싼 가격이다.

행정소송을 제기하면 정말 법원에서 가루로 만들어 버릴 수 있다.

잠자코 있던 최 회장이 다시 입을 열었다.

"저희가 이 처분에 따르면 작업 중지는 어떻게 하실 겁니까?"

"재발 방지 대책을 진정성 있다 판단하겠습니다. 인정하시는 대로 즉각 해제될 겁니다."

"……."

"하지만 그게 아니라면, 저희도 책임 소재 분명히 밝혀야죠. 해당 임원의 비리는 그간 회사의 암묵적인 지지가 있었기에 가능했을 겁니다."

"지금…… 저에게도 책임을 묻겠다는 겁니까?"

"최고 경영자니까요. 처벌 못 할 것도 없습니다."

사실 그럴 순 없다.

아무리 불법적인 일이라 해도 최 회장의 이름이 들어간 결재는 못 찾았으니까.

하지만 피 말리게 할 순 있다.

암묵적 지원이 있었을 거다, 최 회장이 구두로 지시했을 가능성이 있다 등의 논리를 제시하면 증거 없이도 법정 싸움이 가능하다.

최 회장은 펼쳐질 수 있는 최악의 경우를 모두 고려했고, 결국 무겁게 입을 뗄 수밖에 없었다.

"공정위 처분에 모두 따르겠습니다. 회사 정상화만 도와주십쇼."

작업 중지를 풀어 달란 말.

회장님의 의지를 확인한 사장단은 더 이상 의미 없는 싸움을 계속할 수 없었다.

❧

"존경하는 국민 여러분. 오늘 저는 무거운 심정으로 이 자리에 섰습니다. 먼저 회사를 대표하는 그룹 회장으로서, 일련의 사태에 대해 모든 책임을 통감합니다."

검찰 소환 당일.

지금껏 전면에 나서지 않았던 최 회장이 기자들 앞에 섰다.

"하청 근로자의 사고를 은폐하고, 안전 장비를 미흡하게 설치한 점. 이는 두말할 여지없이 비판받아야 일입니다. 저희 대성은 추후 같은 사고를 방지하기 위해 관련자를 해임하는 한편, 안전 조사를 전 계열사로 확대시켜 점검할 계획입니다."

항복 선언에 가까운 발표가 나오자 플래시 세례가 터졌다.

"아울러 다른 사고가 있었다면, 즉각 산재 처리하여 피해자분들에게 억울함이 없도록 하겠습니다. 저희 과실을 통감하고 있기에, 공정위의 엄중한 처벌을 모두 수용할 것입니다."

5분 남짓한 발표가 끝나자 기자들이 마이크를 들이밀었다.

"공정위의 처벌 수위는 어느 정도입니까?"

"경영 일선에서 물러난다는 소문은 사실입니까?"

최 회장은 빗발치는 질문에 묵묵히 답했다.

"아직 공정위와 처벌 수위는 논하지 않았습니다. 하지만 어떤 처벌이 내려지든 이의 제기하지 않겠습니다."

"경영권과 관련한 말씀도 해 주십쇼."

"현재 저희는 내부 조사를 통해 관련자 징계를 논의하고 있습니다. 대표로서 책임질 일이 있다면 저 또한 회피하지 않겠습니다."

"작업 중지 명령으로 인한 회사 피해가 막심합니다. 해제 명령은 언제 떨어지는 겁니까?"

"그 또한 모두 당국의 처분을 기다리고 있습니다. 주주 여러분들에게 거듭 죄송하단 말씀을 드립니다."

"그럼 취조 다시 시작하겠습니다."

신석준 상무는 이튿날 바로 2차 소환을 당했다.

이전에 봤던 수심 가득한 얼굴은 한결 가벼웠고, 때론 웃음까지 지었다.

"쓸데없는 말 안 하겠습니다. 모든 걸 인정하지요. 사인해야 할 거 있음 얼른 가져오쇼."

반성의 기미가 전혀 보이지 않는 말투. 마치 할 말은 많지만 더러워서 안 하겠단 뉘앙스다.

준철은 그를 물끄러미 보다 물었다.

"억울하세요?"

"억울이라…… 회사를 위해 개처럼 일했는데, 이런 대접받으니 우습긴 하군. 뭐 당신 눈엔 나만 나쁜 놈으로 보이겠지만."

"그럴 리가요. 대성 그룹 다른 임원이나 당신이나 비슷한 사람이겠죠."

"하하— 맞아. 딴 놈들도 다 나처럼 일했는데, 재수 없게 나만 걸렸어."

비단 대성 그룹뿐이 아니다. 대한민국의 수많은 원청이 다 이런 방식으로 일한다.

"억울해도 별수 있나. 회장이 죽으라면 죽어야지. 서류 주쇼. 모두 인정해 드릴 테니."

놈이 손가락을 까딱거렸다.

준철은 이를 말없이 보더니 무심코 내뱉었다.

"짠한 놈."

갑자기 왜 신석준이 과거의 자신으로 보였을까?

"뭐?"

"당신은 재수가 없는 게 아니라, 하늘이 도운 거야. 막말로 그 사람 머리부터 떨어졌으면 죽었어. 근데 뭐 그리 억울하다고 취조실에서 푸념이야."

"지금 당신 나한테……."

"당신이 다친 사람보다 억울해? 산재 신청 못 해서 치료비자기가 낸 것보다 억울해? 사람 새끼면 그게 억울해선 안 되지. 받으쇼. 이게 다른 하청사들이 당신 고발한 내용이니까."

이게 얼마나 다행인 일인지 절대 깨닫지 못할 것이다.

과거의 김성균도 그랬으니까.

준철은 긴말 대신 다른 하청사들의 증언을 놈에게 던져 줬다.

그 기록은 더욱 가관이었다. 전치 5주짜리 추락 사고부터, 식중독 사고까지 은폐한 혐의가 모두 나와 있었다.

하청 근로자를 노예처럼 부려 먹었던 정황이 적나라하게 드러난 것이다.

"당연히 이 모든 내용 다 재판에서 다뤄질 거요. 아, 3심까지 재판 끄는 거 원했지? 갑시다. 집행유예 나오면 실형 떨어질 때까지 계속 항소해 드릴게요."

3심까지 가도 실형을 받긴 어렵다.

하지만 그 긴 소송을 감당하려면 놈도 막대한 변호사비를 써야 한다.

신석준은 아파트 평수가 줄어드는 걸 직감했는지 돌연 태도를 바꿨다.

"서, 선처를 부탁드립니다. 제 생각이 짧았습니다. 죄송합니다."

"갑자기?"

"억울한 마음에 넋두리한다는 게 그만…… 여기 나와 있는 피해자들에게 직접 사죄하고 용서받겠습니다. 아까의 태도는 정말 죄송합니다."

정말 죄송하다는 말은 보통 사과할 타이밍을 한참 놓쳤을 때 하는 소리다.

준철은 그를 훑어보다 자리에서 일어났다.

"이미 늦었어. 정 미안하면 이젠 합의금이라도 가져와서 그런 소리 하쇼."

질 끝판왕 사망

한명그룹
김성균 본부장

한경모비스

"신석준이가 완전 넋이 나갔다?"

"예. 취조실 한번 들어갔다 오더니 얼굴이 새파랗게 질려 나왔습니다."

"대체 뭔 소리를 했기에 그래?"

"모르겠습니다. 녹화 테이프 전부 끄고 이준철 팀장 혼자 들어갔습니다."

"검사랑 같이 들어간 게 아니라 이 팀장이 독대를 했어?"

오 과장은 김기남 반장의 보고가 믿기지 않았다.

풋내기 사무관이 산전수전 다 겪은 대기업 임원을 혼쭐내는 게 가능한가?

"김 반장. 과장이 너무 심한 거 아니야?"

"과장이 아니라 이것도 축소해서 말씀드린 겁니다. 솔직히 요즘엔 저희도 이 팀장이 낯설어요. 노동부 가서 작업 중지 받아 내고, 대성중공업은 다급해지니까 우리 행정처벌에 완전히 승복해 버리고…… 대체 이런 구상을 누가 생각해 냈겠습니까."

김 반장이 느낀 준철은 풋내기 사무관이 아니었다.

산전수전 다 겪은 대기업 임원을 손바닥 안에 두고 있는 놈이다.

"그리고 신석준이 계속 자수 안 하니까, 최 회장 직접 소환하자고 제안한 것도 이 팀장입니다."

"검사가 아니라 이 팀장이라고?"

"예. 검사님께 직접 들은 얘기예요. 덕분에 쉬웠죠. 최 회장을 바로 소환해 버리니까 신석준이도 완전히 백기 들었습니다."

"허, 참."

"이런 말 뭣하지만, 이준철 팀장, 큰 사고 당한 이후 정말 딴사람이 되어 버린 것 같습니다."

오 과장은 기가 차서 웃음이 났다.

딴사람이 되어 버린 것 같다는 김 반장의 말이 전혀 허풍처럼 들리지 않았다.

당장에 내린 행정처벌만 봐도 알 수 있다.

[우월적 지위를 이용한 부당 행위, 과징금 150억.]

　[상습적인 산업재해 은폐 - 하청사 관리 감독 태만, 공공기관
입찰 제한 1년.]

　두 가지 모두 최고 수위의 징계이며, 기업들은 보통 이럴
때 행정소송을 건다.

　하지만 그룹 오너가 직접 승복 선언을 하지 않았나? 젊은
놈에게서 이런 노련함은 어디서 보이는 건지 알 길이 없다.

　"딴사람이라…… 하하."

　오 과장은 종합 보고서로 올라온 모든 서류에 사인을 넣었
다.

　"덕분에 난 손 안 대고 코 풀었네. 사인만 하면 끝이니까."

　"별말씀을요. 과장님이 수사 재개 허락해 주셔서 여기까지
왔습니다."

　"그리 말해 준다면 고맙고. 지금 이 팀장 어디 있어?"

　"검찰에 있습니다. 하청 근로자 중에 다른 피해자도 많아
이를 종합하려면 시일이 꽤 걸릴 것 같습니다."

　오 과장은 서류를 돌려주며 경고도 잊지 않았다.

　"돕는 건 좋은데 어디까지나 공정위 역할은 갑질 적발이
야. 피해자 구제는 검찰과 그쪽 변호사 일이지."

　"물론입니다. 이 팀장도 오늘 복귀하기로 했습니다. 나머
지 전문 기관에 위임한다 말했어요."

"좋아. 이런 말 늦었지만 1팀 전원 다 고생했어. 운영지원과에 카드 맡겨 놨다. N차까지 마음대로 긁어."

오 과장이 호기롭게 말했지만 김기남 반장이 난처한 얼굴이 됐다.

"과장님. 회식은 다음에 적당한 날 잡아서 하겠습니다. 잘은 모르겠지만 이 팀장이 내켜 하지 않더군요."

"아니, 사건이 끝났는데 기분이 안 좋을 건 또 뭐야?"

"잘 모르겠는데, 뭔가 찜찜해하는 것 같았습니다."

밤샘은 기본에 주말까지 반납하며 수사를 끝냈는데, 젊은 팀장 기분이 좋지 않다? 초임 때는 수사를 무사히 끝낸 것만으로도 자부심을 느끼는 시기다.

그 연유가 궁금했지만 오 과장은 더 묻지 않았다.

"그래. 뭐 일하다 보면 인간적으로 찜찜하기도 하고, 피곤하기도 하겠지."

"예. 사고당한 지 얼마 되지 않아 몸도 힘들 겁니다."

"그럼 밀린 잠이라도 보충해 둬. 두어 달간 매일 출근하느라 힘들었지? 다음 주 수요일까지 휴가 처리할 테니까 좀 쉬어."

"아이고…… 3일씩이나."

"언론에 떠들썩하게 나온 사건 다뤘는데, 그 정도는 해야지."

"알겠습니다. 감사합니다."

김기남 반장이 들뜬 목소리를 남기며 나가자 오 과장이 웃

공정거래
위원회

었다.

'젊은 놈이 꽤 강단 있구먼. 그렇다고 별로 자만하지도 않고.'

수사를 끝낸 후련함보다 인간적으로 느끼는 찝찝함.

이건 초임 사무관들만 가질 수 있는 순수함이다. 오 과장은 준철의 업무적 능력보다 이런 인간적 감정에 더 큰 기특함을 느꼈다.

물론 당사자가 어떤 부분에서 찝찝함을 느끼는지는 제대로 알고 있지 못했지만.

✿

신석준의 자백과 함께 모든 사건이 종결되었지만 준철은 찝찝한 감정을 다 떨쳐 낼 수 없었다.

'당신이 뭐가 억울해? 당한 피해자들보다 억울해?'

무아지경 쏟아 냈던 말들.

이제 와 생각하면 그건 놈에게 한 소리가 아니었다. 과거의 자신에게 한 소리에 가까웠다.

한명건설에 있을 때도 사고가 다반사였다.

트럭이 사람을 치어 인부가 사고가 난 적도 있었고.

시멘트 차 오작동으로 인부들이 시멘트를 뒤집어쓴 적도 있었다.

위에서 철근이 떨어져 인부 다섯이 큰 사고를 당한 적도 있었다.

─재수 없게쓰리. 이거 현장 관리하던 하청들 일감 끊어. 그따위 거 하나 제대로 감독 못 해서.

그때의 김성균은 신석준과 다를 바 없었다.
현장에서 사고가 터지면 하청이 못한 일이고, 재수가 없어 걸릴 일이라 생각했다.
하지만 이제는 어렴풋이 알겠다.
현장에 안전 관리 요원이 있었더라면, 차체 결함을 미리 파악했더라면, 안전 장비를 보강했더라면 인명 피해도 없었을 것이다.
"나나 신석준이나……."
그땐 마냥 재수가 없어 걸린 일이라 생각했는데, 이제 와 보니 정말 운이 좋았던 일이다.
사고로 사람이 안 죽은 게 얼마나 다행한 일인가?
그때 조금 더 일찍 깨달았더라면, 심 사장의 극단적인 선택도 막을 수 있었을까?
그리 생각하던 준철은 이내 고개를 저었다.
과거는 바꿀 수 없다. 이제 남은 건 미래의 사고뿐이다.
"좋게 생각하자. 그래도 억울한 사건 하나 끝냈으니."

이렇게 살다 보면 언젠간 하늘을 뜻도 알게 될 것이다.

준철은 지금 느낀 이 미안한 감정을 평생 잊지 않기로 했다.

준철이 복잡한 고민들을 떨쳐 내고 있을 때, 오 과장은 밀린 업무에 쉴 틈이 없었다.

종합감시국은 공정위의 토탈업무팀으로 불리는 곳이다.

카르텔조사국, 소비자조사국, 기업정책국 등 각 부처에서 올라오는 모든 서류를 검토해야 한다.

여기서 끝나는 게 아니라, 국민신문고와 공정위 공익제보함에 올라온 투서까지 검토해야 했다.

"뭐야, 이건."

오 과장은 태산처럼 쌓여 있던 서류 중 하나에 눈이 갔다.

"심사관에서 올렸어?"

심사관은 공정위의 검찰 역할을 하는 곳으로, 보통 여기는 기업과 재판을 앞두고 있을 때 도움을 요청한다. 근데 재판을 앞두고 있는 부처가 별것 아닌 일을 올렸겠는가?

이쪽과 엮이면 무조건 머리 골치 썩는다.

"이걸 왜 우리한테 넘겨. 그냥 검찰에 넘겨 버리지."

오 과장은 제발 종합감시국이 도와줄 수 없는 일이기를 바라며 서류를 들었다.

하지만 간절하게 바라면 온 우주가 나서서 방해하는 법.

해당 내용은 절대 맡기 싫지만, 종합감시국의 역할이 반드시 필요한 사건이었다.

한동안 볼펜만 굴리던 오 과장은 인터폰을 들어 어디론가 전화했다.

"김 실장. 심사관에서 요청한 이 서류 뭐야?"

―아, 한경모비스 사건이요? 대리점 갑질입니다. 본사에서 점주들에게 자사 제품 강매시켰다고…….

"아니, 내 말은 이거 한경 쪽이랑 좋게 합의되지 않았어?"

―그게…… 그쪽에서 동의의결안(시정안)을 가져왔는데, 심사관 측에서 거부했습니다.

"아니, 왜?"

―관련자 징계도 없고, 내놓은 시정안 자체도 시답잖아서요. 아무래도 이거 법원까지 갈 것 같습니다.

동의의결.

법 위반 혐의가 있지만 위법성을 따지지 않는 대신 기업 스스로 시정안을 제시하는 제도다. 달리 말해 기업이 동의의결안을 가져왔다는 건 잘못을 인정했다는 거다.

하지만 심사관에서 이를 거부해 버렸다.

대체 얼마나 시답지 않은 시정안을 가져왔기에.

―안 그래도 황 과장님께서 조속한 협조 부탁했습니다. 미팅 날짜 잡

아 볼까요?

"됐어. 내가 직접 연락하지."

그리 말하며 오 과장은 어디론가 전화를 걸었다.

오 과장도 한경모비스 사건이 무엇인지 알고 있었다.

공정위에서 벌써 5년 넘게 수사하고 있었으니, 모르면 간첩이었다.

전형적인 대리점 갑질이다.

국내 1위 자동차 정비 업체 한경이 각 대리점에게 자사 부품을 강매한 것이다.

불필요한 부품을 끼워 팔고, 경쟁 업체의 부품을 받지 못하게끔 '밀어넣기'한 흔적도 잡았다. 근데 아직도 수사가 지지부진.

'이게 뭔 영구 미제 사건이야?'

그가 머리를 짚을 때, 문밖에서 노크 소리가 들렸다.

이윽고 들어온 중년 남성은 텁텁한 웃음을 지으며 오 과장에게 인사했다.

"반갑습니다. 오 과장."

"똥줄 타는 거 다 아는데 넉살 부리긴."

"그러게. 공사가 이리 다망해서야 원."

"들을 얘긴 들었어. 거기서 동의의결안(시정안)까지 가져왔다며? 재판까지 가면 서로 피곤해. 심사관 측에서도 그냥 수용하는 게 낫지 않아?"

"그러지 말고 차라도 한 잔 줘. 그렇게 단편적으로 얘기해서 끝날 문제가 아니니까."

앉아서 말해야 할 정도면 사정이 복잡하단 얘기다.

오 과장은 자리를 안내하고, 침통한 심정으로 커피를 탔다.

"오 과장. 깡패 새끼가 지 잘못은 인정하는데, 앞으로 안 그러겠다. 이러면 납득이 돼?"

"……."

"약한 사람들 상대로 자릿세 뜯고, 장사 못 하게 방해했으면 당연히 그놈 처벌해야지?"

"돌려 말하지 말고 그냥 말해."

"한경 놈들이 지금 그래. 대리점한테 자사 부품 끼워 팔고, 타사 제품 못 받게 밀어넣기 다 했는데, 처벌은 받기 싫대. 앞으로만 잘하겠대."

오 과장은 턱을 쓰다듬으며 물었다.

"시정안 핵심 내용이 뭔데?"

"말했잖나. 앞으론 그러지 않겠다가 '다'라고. 각 대리점들한테 말도 안 되는 매출 목표치 설정하고 물건 강매했는데, 앞으론 안 그러겠대. 관련자 징계? 지금까지 피해에 대한 보상안? 없어. 그냥 앞으론 안 그러겠다가 끝이야."

오 과장은 눈치를 살피며 서류를 펴 보였다.

"피해 보상은 그래도 하지 않았어? 얼추 보니까 상생기금

300억 마련했다고 들었는데."

"상생기금이 아니라 피해 보상을 해야지. 자네도 알지 않나. 그 상생기금 나중에 가 딴 데 써 버리면 그만인 거."

"……."

"제일 중요한 건 관련자 징계야. 근데 아무도 징계를 안 하더군."

"……그렇게 확실하면 그냥 재판으로 가. 자네 얘기 들어보면 재판도 충분할 것 같은데."

그리 묻자 그가 처음으로 말을 잇지 못했다.

"우리도 그러고 싶은데, 그러자니 걸리는 게 있어."

"뭔데?"

"피해자들 중에서 아무도 나서지 않아. 익명투표를 실시하면 한경에게 갑질을 당했다가 압도적이거든. 한데 기명투표하면 아무도 나서지 않아."

"옌장할. 갑질은 친고죄야. 그럼 말짱 도루묵 아니야?"

"그러니 한경에서 이따위 말도 안 되는 의결안 가져온 거겠지. 그러지 말고 한 번만 도와줘. 우리 이거 5년을 끌었는데, 이따위 시정안 인정 못 해."

ↄ

금쪽같은 휴가를 마치고 출근한 준철은 가벼워진 몸으로

출근을 했다.

야근·주말 근무 없이 보낸 지난 휴가는 흡사 방학과 같았다.

밀린 잠 보충하고 삼시 세끼 챙겨 먹었을 뿐인데 10년은 회춘한 것 같다.

하지만 그 가벼운 발걸음은 사무실에 도착하자마자 축 늘어졌다.

"어, 이 팀장 왔구먼."

사무실에 도착하니 과장님이 마중을 나와 계셨다.

준철은 직장 경력 20년에 공무원 생활 2개월인 베테랑이다.

상급자가 사무실에 찾아올 땐 엄청난 용건이 있을 때란 걸 잘 알았다.

"……안녕하십니까."

"휴가는 잘 보냈어?"

"덕분에……."

"원래 그거 이틀 휴가였는데, 내가 국장님께 어필해서 하루 더 늘린 거야."

"아……."

"위에서도 자네 일 잘했다고 얼마나 칭찬인지 몰라. 이제 보니 이 팀장이 일 재주가 좋아."

불행한 직감이 점점 현실로 다가왔다.

휴가 신경 써 줬다, 위에서 너 좋게 생각한다. 이건 주로 업무 폭탄 투하할 때 쓰는 미사여구 아닌가?

죽을 맞춰 고개를 끄덕이니 오 과장이 본심을 드러냈다.

"다 모인 것 같으니 말하지. 뭐 별건 아니고 심사관 쪽에서 문제가 하나 생겼다."

"어떤 문제입니까?"

"한경모비스라고 대리점 갑질 사건이야."

김기남 반장이 경기를 일으켰다.

"한경모비스요? 그거 저희 쪽에서 5년 동안이나 맡고 있는 거 아닙니까?"

"어, 잘 아네. 5년 동안 조사하면서 거의 다 끝냈다."

"그럼 저희가 왜……."

"근데 퍼즐 몇 개가 빠진 모양이야. 이게 말로 하면 좀 복잡한데……."

과장님이 자꾸 대수롭지 않게 얘기했지만, 준철은 이게 얼마나 큰 사안인지 직감했다.

공정위 심사관.

여긴 기업이 처벌에 불복하면 싸우는 부처다.

준철은 전생에서 이 심사관과 엄청난 악연을 가지고 있었다. 갑질 적발됐을 때 늘 처벌 수위 가지고 싸우지 않았나?

여기서 협상 결렬되면 바로 법원으로 가서 행정소송이다. 퍼즐 찾기니 보물찾기니 하며 가벼이 넘길 수 있는 문제가 절대 아니다.

그런 예감은 적중했고, 과장님의 설명은 듣기만 해도 머리가 아팠다.

장장 5년 동안 진행된 수사 얘기를 5분으로 압축해 들으니, 설명도 제대로 따라가지 못했다.

"해서 말인데 이거 자네들이 좀 맡아 줘."

"……."

"역시 우리 1팀은 열의가 있어. 다른 부서였으면 맡기 싫다고 군소리나 했을 텐데."

"과장님 그게 아니라."

"아, 자세한 내용은 여기 더 나와 있어. 일단 검토해 보고 추후 생각해 보자고."

오 과장은 그렇게 자기 할 말만 남기며 자리를 훌쩍 떠나 버렸다.

꼭 공중화장실에서 물 안 내리고 튀는 사람처럼 보였다.

"이건 말이 안 됩니다!"

"한경모비스에서 잘못을 인정 안 한 것도 아니고. 동의의 결안까지 가져왔잖아요."

과장님이 나가고 난 뒤엔 사무실이 불지옥으로 변했다.

그냥 참여하면 안 되는 수사다.

동의의결안 가져왔으면 기업이 죄를 인정했다는 뜻 아닌가?

종합감시국은 유·무죄를 밝히는 곳이지 처벌 수위 가지고 싸우는 부처가 아니다.

"결국 '반성문' 내용이 마음에 안 든다는 건데 이게 우리가 다룰 문제입니까?"

"처벌은 검사랑 상의해야죠."

"보니까 대리점한테 강매한 증거도 다 잡았네요. 재판 두려울 게 뭐 있습니까?"

김 반장은 준철을 슬며시 봤다.

"팀장님. 왜 한 말씀도 없으십니까. 이거 하실 겁니까?"

"안 할 수 있는 방법이 있나요?"

"심사관 쪽에 완곡히 거절할 순 있죠. 저희가 소극적인 모습 보이면 대강 뜻 접을 겁니다."

"흠……."

"아이참— 팀장님. 그냥 거부하세요. 증거 다 잡았잖아요."

"우리가 거절해도 재판 가면 돼요."

반원들이 성토하자 준철이 웃음을 보였다.

"재판 가면 저희한테 더 불리할걸요."

"예?"

"언뜻 보면 증거가 다 잡힌 것처럼 보이지만 사실 가장 중요한 게 빠졌잖아요. 피해자."

준철은 오 과장이 말한 '빠진 퍼즐'이 뭔지 금세 눈치챘다.

피해는 있는데 피해자가 없는 사건이다.

익명으론 갑질 피해를 호소하는데, 대리점 그 누구도 자기가 피해자라 말하지 않는다.

"피해자라면…… 대리점이요?"

"네."

"아니 그래도 한경에서 동의의결안 가져왔잖아요. 이건 기업 스스로도 죄는 인정했다는 겁니다. 유죄 확정 아닙니까?"

"그것도 뒤집힐 수 있어요. 피해자 확보 못 하면 더 큰 사건이 있었어도 덮어질 겁니다."

단순하다. 갑질은 친고죄니까.

심사관은 재판까지 가겠다고 협박하면서, 처벌 수위를 높이고 싶을 것이다.

근데 한경모비스가 눈치챈 것 같다.

가져온 '반성문'이 형편없다.

"솔직히 말하면 심사관 쪽에서 기분 나쁠 만해요. 이건 말만 시정안이지……."

준철은 서류를 펼쳐 보였다.

"관련자 처벌, 징계 아무것도 안 하고. 피해입은 대리점에게 피해 배상도 안 하고. 상생기금…… 이건 솔직히 나중에 가서 자기들 위해 쓰면 되는 거고. 이 중에 진정성 있는 시정안은 아무것도 없습니다."

"……우리가 나선다고 달라질 건 없잖아요?"

"분위기 조성은 할 수 있죠. 저희가 움직이면 그쪽도 오만 생각 다 들 겁니다. 진짜 재판 가나? 싶으면 자기들도 시정안 수위 높일 거고."

최종 목표는 재판이 아니다.

한경모비스가 이를 두려워해 자진 처벌 수위를 높이는 게 목표다.

"왜 5년이나 싸우고 있나 했더니만…… 결국 눈치 싸움이었네."

김 반장이 퉁명스레 말하자 준철이 웃었다.

"아마 심사관도 한경모비스도 서로 안 물러날 겁니다."

"그렇겠죠. 5년이나 싸웠으면 서로 베팅 크게 했다는 건데."

"자세한 건 우리도 심사관 쪽 얘기를 들어 보죠."

"후우…… 알겠습니다."

회의가 끝나자 김 반장이 먼저 일어났다.

"그럼 팀장님 빼고 나머진 전부 다 나 따라와. 심사관 가서 세부 자료 받아 오자고."

"저도 갈게요."

"짐 드는 건 저희로 충분합니다. 그쪽 팀과 곧 미팅 가져야 할 텐데 팀장님은 자료 검토 더 하십쇼."

"아, 그럼 잘 부탁드릴게요."

김 반장이 나가고 난 후 준철은 무겁게 서류를 들었다.

"하필 걸려도……."

휴가 복귀 첫날부터 재수가 없다.

하필 걸려도 갑질의 끝판왕 대리점 갑질이라니.

대리점-본사 문제는 원-하청 문제와 차원이 다르다.

일감 끊긴 하청은 다른 거래처라도 찾을 수 있지만, 계약 끊긴 대리점은 그냥 죽으라는 거다.

휙휙.

그들의 그런 수직적 관계는 서류를 넘길수록 소상히 드러났다.

'목표 매출 50억? 작년 매출 40억짜리 대리점에?'

본사에서 대리점에 과대 매출을 설정했고, 매출 미달 시 계약 끊겠다 협박했다. 이는 곧 본사 제품 강매로 이어졌다.

'얼씨구. 재고는 반품도 안 해 줬어?'

'대리점에서 할인 행사한 거 한 푼도 안 까 줬네?'

남은 재고는 어떡하겠는가? 대리점에서 손해를 보더라도 세일해 팔아야지.

한경모비스는 이 세일 행사에 10원 한 장의 보조금도 주지 않았다.

해당 행위를 공정위에 모두 들켰을 땐, 스스로도 부끄러웠던 모양이다.

처음엔 담당 직원을 징계위에 회부하고 공정위에 죄를 자백했다.

하지만 1-2년 지났을 땐, 해 볼 만하다 생각한 것 같다.

피해는 있는데 피해 대리점이 나타나지 않자 공정위에서 부과한 과징금을 거부하고, 성의 없는 동의의결안을 가져왔다.

"이것들이 대체 뭘 믿고……."

그렇게 마지막 서류를 넘길 때였다.

"아악."

일전에 경험한 통증이 다시 찾아와 준철의 머리를 강타했다.

ⓒ

"확실해? 공정위 다른 행보는 없어?"

"예. 공정위가 검찰까진 안 갔습니다. 그쪽에서도 분위기 살피고 있는 게 분명합니다."

또 그 증상이다.

불명의 목소리가 들렸다.

어렴풋 눈에 들어온 건 어느 회의 장소였고, 양복쟁이들의 실루엣이 보였다.

　상석에 앉은 한 노인은 한숨을 반복하다 불편한 심기를 드러냈다.

　"벌써 5년이다. 경찰 수사도 5년 이상이면 장기 미제로 분류되는데, 우리 지금 공정위랑 5년 동안 싸우고 있어."

　"……."

　"더 웃긴 건 아직 재판도 안 가 봤다는 거야. 3심까지 가면 10년 동안 싸우겠네? 우리 임원들은 최소한의 밥값도 못해?!"

　늙은 회장이 호통치자 회의실엔 숨소리도 들리지 않았다.

　"다 필요 없어. 오늘은 계급장 떼고 할 말 있으면 다 해! 김 사장, 이 문제 어떻게 해결할 거야?"

　그리 말하자 좌측에 앉아 있던 사내가 말을 이었다.

　"회장님. 저희 시정안은 솔직히 속내가 너무 드러났습니다. 최소한 담당자 문책은 했어야죠. 사건 잠잠해지면 나중에 다시 불러들여도 됩니다."

　"회장님, 상생기금도 너무 뻔했습니다. 액수도 변변찮았고요."

　"적당히 반성하는 시늉 보여 줬으면 끝났을 텐데, 솔직히 골든타임을 놓친 감도 있습니다."

　다들 자성의 목소리를 내자 우측에 앉아 있던 부사장이 피식 웃었다.

　"회장님. 관련자 문책한다고 이 사건 끝났을까요? 그건 시작이지 끝이 아닙니다. 그다음엔 피해 보상, 그다음엔 재발 방지 대책 같은 해괴한 요구가 다 나왔겠죠."

"맞습니다. 솔직히 그 담당자들 다 회사 매출을 위해 일한 임원들입니다."

"그런 임원들 함부로 해임하고 파면하면 직원들 사기만 떨어질 겁니다."

김 사장은 부사장을 노려봤다.

"그렇다고 회사를 다 송두리째 엎을 셈이야?"

"송두리째 엎는 게 아니라 이게 살길입니다."

"살길? 공정위 수사만 벌써 5년이야. 지지부진한 싸움이 계속되는데 무슨 회사가 살길이야?"

"지지부진하단 건 수사가 안 풀린다는 뜻 아닙니까? 끝까지 가도 어차피 공정위가 집니다."

"무슨 그따위 궤변을……."

"그만!"

김 사장의 목소리가 커질 때쯤 회장님의 호령이 떨어졌다.

"부사장, 계속해 봐. 공정위가 진다?"

"예. 지금처럼 대리점들 입단속만 하면 됩니다, 피해자가 안 나타는데 법이 어떻게 우릴 심판합니까?"

"그러다 대리점이 우릴 배신하면?"

"우리 5년 동안 그 걱정하며 살았습니다. 근데 배신한 대리점 있었습니까?"

없다.

앞으로도 없을 것이다.

가맹 계약 끊으면 놈들은 죽는다.

"지금 저희가 은근히 겁만 줘도 대리점들 설설 깁니다. 공정위는 괜히 재판 얘기 꺼내면서 저희 겁주는 겁니다. 재판으로 붙어서 이길 것 같았으면 이미 기소했을 놈들입니다."

"회장님! 저건 회사 명운을 걸고 도박하는 겁니다. 그러다 내부 고발 나오면요? 지금이라도 대리점 달래서 우리 편으로 만들어야 합니다."

김 사장은 다급히 말했지만, 소용이 없었다.

회장님의 은은한 미소는 이미 오늘 회의가 끝났다는 걸 말해 주었다.

۞

"헉헉— 헉……."

두통이 지나간 이후, 준철은 거칠게 숨을 몰아쉬었다.

또 그 증상이다.

공정위와 5년 넘게 하고 있는 싸움, 성의 없는 시정안, 대리점들 배신.

이 모두 한경 그룹 임원들의 대화라는 걸 말해 주었다.

'……법대로 가도 유리하다? 대리점들 입은 확실히 막았

다?'

준철은 서류를 다시 첫 장으로 넘겼고, 놈들의 대화와 이를 비교했다.

재검토가 끝났을 땐 준철의 얼굴이 한층 더 어두워졌다.

공정위는 대리점들에게 5번의 익명투표를 실시했는데, 강매를 당했다고 응답한 비율이 70%를 육박했다.

하지만 구체적 진술을 요구했을 땐 아무도 나서지 않았다.

모두들 이름이 드러나는 걸 두려워하는 것이다.

'은근히 겁만 줘도 설설 긴다고 했어. 이건 뒤에서 협박하고 있다는 거야.'

수사가 왜 5년이나 끄는지 단번에 이해가 되었다.

한경 그룹이 대리점들 입을 막으며 지금까지 계속 버텨 왔던 것이다.

내밀한 대화를 듣고 나니, 놈들의 동의의결안이 얼마나 도발적인지도 분명하게 보였다.

'관련자 징계 없고…… 피해자 보상 없고…… 앞으로는 잘하겠다?'

이게 무슨 동의의결안인가?

대리점에 강제 구매 할당량을 없애겠다. 재고 반품 규정을 완화하겠다.

시정안은 이렇듯 구체적이고 현실적이어야 한다. 이런 논의 없이 앞으로 잘하겠다는 건 관심 끄라는 말과 다름없다.

'근데 피해자가 없어. 대리점들이 직접 피해를 호소해야 죄가 성립되는데……'

-띠리릭.

준철이 한참 고민에 빠져 있을 때, 박 조사관으로부터 메시지가 왔다.

-팀장님. 이거 진짜 트럭으로 옮겨야 할 정도의 양인데요……? 아무래도 직접 오시는 게 나을 것 같습니다.

ↄ

"심사관 1팀장 박윤수라고 합니다. 이 사건의 최종 책임자죠."

"예. 처음 뵙겠습니다. 종합감시국 이준철 팀장입니다."

처음 방문한 심사관 사무실은 탕비실을 방불케 했다.

5년 동안 조사하며 쌓인 수많은 증거 자료가 쌓이다 못해 무너질 지경이었다.

아이러니한 일이다. 저 수많은 증거와 압수수색 자료도 피해자가 나타나지 않으면 결국 무용지물 아닌가?

준철의 눈을 의식했는지 그가 급하게 덧붙였다.

"아, 저 자료 다 가져갈 필요 없습니다. 저희가 핵심 자료만 첨부해서 넘겨드리죠."

"감사합니다."

"일단 앉으세요."

자리에 앉은 준철은 주변을 둘러보다 넌지시 물었다.

"한데 혼자만 계십니까? 다른 반원 분들은⋯⋯?"

"아직 대리점들 돌고 있습니다."

"아. 피해자 확보 때문에요?"

"예. 보면 아시겠지만 익명투표에선 피해 응답 비율이 70% 가 넘는데, 이름을 밝혀 달라 하면 모두 뒤로 숨는 실정입니다. 저희도 그 사람들 찾아다니며 부탁하고 있긴 한데⋯⋯."

그는 착잡한 얼굴을 숨기며 다시 물었다.

"현 수사 상황은 어느 정도 알고 계십니까?"

"서류만 봤습니다. 한경모비스에서 동의의결안을 가져왔다는 것만요."

"그건 솔직히 동의의결안도 아닙니다. 그냥 저희를 도발하려는 선전포고문이죠. 이 팀장님께선 납득하실 수 있습니까?"

"관련자 징계 내용과 피해 보상 규정을 애매하게 가져왔더군요."

"예, 맞습니다. 솔직히 저희도 관련자 형사 입건하고 법원에서 진흙탕 싸움하는 거 원치 않아요. 하지만 회사 내부에서 담당자는 징계하고, 대리점들한텐 피해 보상해야죠."

"그⋯⋯ 피해 보상으로 상생기금을 마련하겠다는 방안

은……."

"말도 안 됩니다. 상생기금 300억? 그렇게 큰돈 필요도 없습니다. 저희가 조사한 강매 기록은 대리점 피해가 60억 수준이에요. 이 60억을 피해자에게 '돌려주기만' 하면 쓸데없는 기금 안 만들어도 됩니다."

관련자 징계.

이걸 분명히 해 두지 않으면 다음 후임자가 똑같은 짓을 그대로 한다. 문제가 터지면 회사도 나를 보호하지 않는다, 이런 경각심을 줘야 후임자가 대리점에 갑질하지 않는다.

피해 보상.

60억대 강매 기록만 보상하면 된다. 언뜻 보면 300억이 더 큰 돈이라 생각할 수 있지만, 상생기금은 '주는 돈'이 아니라 본사가 '쥐고 있는 돈'이다. 본사가 자기들 마음대로 써도 아무런 문제가 없단 뜻이다.

"그리고 마지막 한 가지. 현재 한경모비스 반품 규정을 보면 말도 못 하게 복잡합니다. 물건 하나 반품하는데 변호사가 필요할 수준입니다."

대리점 갑질의 대표적 사례 중 하나다.

물건 받아 가는 건 쉽게, 다시 반품할 땐 어렵게.

"그럼 그 부분 개정도 필요하겠군요."

"네. 근데 거긴 저희 희망 사항이고요. 관련자 문책하고, 피해 보상만 제대로 행하면 그 정도는 본사·대리점 자율 규

공정거래
위원회

약 하게끔 양보할 수 있습니다."

저간의 사정을 들은 준철은 고개를 끄덕였다.

"방금 하신 말씀, 한경모비스에 제안해 보셨습니까?"

"직접적인 거론은 안 했지만 눈치는 여러 차례 줬습니다."

"그럼 마지막으로 저희가 생각하는 시정안을 한경 그룹에 전달해 보시죠."

"그게 좀 애매한데…… 이놈들이 피해자 안 나타나니 배 째라 식이에요."

"그렇다고 우리가 지금 뭘 할 수도 없는 상황이잖아요."

"그야 그렇긴 하죠."

그는 착잡하게 고개를 끄덕였다.

"저희가 생각하는 제대로 된 시정안 전달하고, 그 안에서 조율을 해 보시죠."

"그쪽에서 들어주느냐 마느냐 싸움인데 조율할 게 있을까 요?"

"아무리 피해 규모가 명확하다 해도 60억 피해 모두 보상 할 순 없을 겁니다. 저희도 하한선을 정하고 액수 정도는 타 협해야죠."

"그냥 말해선 씨알도 안 먹힐 텐데……."

"당연히 적당한 협박 정도는 필요할 겁니다. 법정 싸움 가 면 상생기금 300억이 아니라 과징금 300억을 물겠다, 이런 메 시지 정도?"

이열치열이다. 상대가 세게 나오면 더 세게 나가야 한다.

박 팀장은 단숨에 상황을 정리하고, 계책까지 제시하는 준철의 모습에 놀랐다.

솔직히 처음엔 얼굴을 보고 실망했던 것도 사실이다. 경험 많은 베테랑이 아니라 이제 막 임관한 행시 출신 아닌가?

하지만 방금 이 제안으로 파트너에 대한 우려를 조금 지울 수 있었다.

"좋습니다. 그럼 그쪽과 날짜 한번 잡겠습니다."

입장이 정리된 공정위는 바로 한경모비스로 향했다.

"어서 오십쇼. 한지호 부사장이라고 합니다."

"처음 뵙겠습니다. 근데 저희는 최종 담당자를 만나고 싶습니다만 사장님을 뵐 수 있을까요?"

"관련 사항은 제가 최종 담당자입니다. 제가 직접 지시한 일이기도 하고요."

준철은 한지호의 빤한 거짓말에 속으로 웃음을 지었다.

부사장은 사장과 승진 싸움에서 밀린 임원이 가는 대표적 한직이다. 어떤 일을 주도하기는커녕 임원회의에서 발언권 조차 미미하다.

그리고 불명의 대화를 통해 놈들의 내막을 확인하지 않나?

자신을 최종 책임자라 자처하는 건, 최악의 경우 회장님을 대신해 모든 걸 떠안겠다는 의지로 들렸다.

박윤수 팀장도 이를 알아챈 건지 날카로운 반응을 보였다.

"최종 책임자시다? 그럼 이 동의의결안 쓴 것도 부사장님 이십니까?"

"그렇습니다. 안 그래도 오늘은 그 말씀을 꼭 드리고 싶었 는데, 이쯤 하면 안 되겠습니까?"

"이쯤요?"

"의도치 않았지만 저희가 그간 대리점에 한 부당 행위를 인정합니다. 하여 300억가량의 상생기금 마련하여 피해자 보 상하겠다는 겁니다. 추후 대리점과 논의 후 반품 규정도 완 화할 것이고요."

박 팀장은 비웃음을 흘렸다.

"그 말 요약하면 '알아서 하겠다.' 이 말 아니요?"

"계속 그렇게 삐딱하게 들으시면 이 문제 해결 방안 없습 니다."

"방안이 없는 게 아니라, 한경 그룹의 해결 의지가 없겠지. 잘못을 했으면 피해를 보상하고, 관련자를 문책하세요. 최소 한의 진정성은 보여야 할 것 아닙니까."

"그럼 공정위도 직원이 실수하면 사람 내치고 기업에게 보 상금 줍니까?"

"뭐요?"

"공권력 남용해서 기업들 괴롭히는 건 처벌 안 하느냐 이 말입니다. 공무원이든 회사원이든 실수는 누구나 해요. 그때마다 사람 내치고 보상까지 다 하면 누가 일하겠습니까?"

"그 무슨 말도 안 되는……."

"이번 사건이 혐의 없음으로 끝나면, 그땐 팀장님께서 사표를 쓰셔야겠군요. 원칙과 책임을 중요시하는 분이니까."

부사장이 몰아붙이자 박 팀장도 시원하게 반박할 수 없었다.

그의 주장은 공정위가 법정 싸움까지 안 가려는 이유 중 하나였다. 이긴 쪽이 진 쪽에 책임을 물 수 있지 않은가?

게다가 지금은 피해자도 확보 못 한 상황이다.

말문이 막힌 박 팀장을 대신해 준철이 조심스레 말했다.

"뭐 그렇게 해서 기업에 피해를 입혔다면 당연히 해야죠. 한데 그건 다른 문제고요. 지금 쟁점은 동의의결안의 진정성입니다."

"저흰 충분히 진정성 있다 생각합니다만?"

"그럼 관련자를 징계 안 할 이유가 없죠."

"그 얘기가 왜 그렇게 됩니까?"

"대리점에 갑질한 임원들은 사실상 회사의 암묵적인 지원 하에 한 일 아닙니까? 이를 징계 안 하는 건 회사가 반성을 하지 않는다는 뜻입니다. 후임자도 당연히 똑같은 사람이 오겠죠."

**공정거래
위원회**

준철은 그의 따가운 시선에 아랑곳 않고 말을 이었다.

"그리고 저희가 원하는 건 상생기금이 아니라 피해 보상입니다. 돌려줄 건 돌려주고 받아 갈 건 받아 가세요. 저희도 여러 여건들을 고려해 과징금은 부과하지 않겠습니다."

"뭐요? 과징금?"

그가 되묻자 준철이 서류를 내었다.

공정위가 원하는 처벌 수위를 본 부사장은 얼굴이 시시각각 굳어졌다.

이대로 시행하지 않으면, 과징금까지 부과하겠다. 그 서류가 곧 그렇게 말하고 있었기 때문이다.

"결국 이것대로 안 하면 막대한 과징금까지 때려 버리겠다. 이렇게 들리는군요?"

"그래야 후임자가 같은 잘못 또 안 하죠. 이쯤에서 합의하시면 반품 규정 어떻게 할지는 대리점과 자율 협의하도록 해 드리겠습니다."

"좋습니다. 그럼 관련 당사자에게 감봉 3개월 조치를 내리겠습니다."

또다시 성의도 없는 대답이 나오자 박윤수 팀장이 벌떡 일어났다.

"감봉 3개월?! 정직 3개월도 아니고 감봉 3개월? 이보세요, 실장님. 지금 우리 가지고 장난합니까?"

"거 보세요. 우리가 징계 내리면 그땐 또 그 징계 내용 가지고 왈가왈부할 거잖습니까."

"보자 보자 하니까 진짜! 당신들이 우리 신경 건드리면서 도발해 대는 거 모를 것 같아요? 대리점들이 입은 피해가 최소 60억대입니다. 부사장님 눈엔 이 돈이 장난 같습니까?"

그도 지지 않고 일어났다.

"그럼 어떻게. 우리가 징역이라도 시킵니까?"

"해임이나 권고사직! 최소한 그 담당자는 나가게 해야 할 거 아니요."

"해고? 아주 막가자는구먼."

"우리 이거 형사 고발하면 실형은 못 받아도 집행유예는 받을 수 있습니다. 우리 경고 무시하지 말아요."

"그렇게 자신 있으면 제발 기소 좀 해 주십쇼. 우린 법원에서라도 억울함을 밝히고 싶은 입장입니다. 언제 해 주실 겁니까?"

놈이 그리 묻자 박 팀장은 말을 이을 수 없었다.

기소 문제를 가지고 처벌 수위를 협상해야 하는데, 놈들은 전혀 두려워하지 않는다.

질 끝판왕 사망

한명그룹
김성균 본부

통보

"저렇게 나오는 거 보면 이미 변호사랑 상의 다 끝낸 것 같습니다."

"어떡하죠? 피해자 안 나타나면 이 이상 증거 수집해 봤자 의미 없어요."

1차 조사가 허무하게 끝나자 조사관들 모두 우려를 표했다.

기소를 피하기는커녕 되레 해 달라고 하지 않나? 한발 더 나아가 자기들이 승소하면 공정위를 가만 안 두겠단 협박도 한다.

준철은 분위기를 살피다 박 팀장에게 물었다.

"법정 싸움을 이미 다 준비한 모양입니다."

"……네."

"한경에서 승소하면 오히려 저희에게 직권남용 혐의를 씌우겠네요."

성의 없는 동의의결안도 모자라 이젠 직권남용으로 협박이라니.

"박 팀장님. 대리점 설득은 해 보셨습니까? 피해자만 나타나면 끝날 것 같은데요."

"……저희도 정말 노력해 봤습니다만 고양이 목에 방울 달기에요. 5년 동안 단 한 곳도 나타나지 않았습니다."

그리 말하자 심사관 쪽 반장이 신경질적으로 말했다.

"박 팀장님. 그럼 그냥 저희도 손 털면 안 됩니까? 막말로 공정위가 피해입은 것도 아닌데 뭐 이리 나서 줘야 하나 싶습니다."

"맞습니다! 이게 뭐 세금 도둑질한 것도 아니고, 자기들이 피해입은 거 말해 달라는 건데."

"부당함에 대해 말할 용기도 없으면 그냥 당하고 살아야죠!"

한 사건에 5년이나 붙어 있었던 사람들이다.

진이 빠지는 건 당연하고 대리점들의 소극적인 모습에 의욕도 잃었을 것이다.

"그렇다고 그렇게 생각하진 맙시다. 저 사람들이 안 억울해서 저러는 게 아닐 텐데."

"아무리 그래도."

"한 템포 쉽시다. 여러분들은 압수한 자료 정리하고 오늘 퇴근해 주세요. 따로 저한테 말씀 안 하셔도 됩니다."

"……."

"모두 고생하셨어요."

박 팀장은 이런 일이 익숙한지 자연스레 화제를 돌렸다.

그가 눈짓을 보내자 준철도 김 반장에게 말했다.

"저희 팀도 오늘은 이만 철수하죠."

"예?"

"첫술에 배부를 순 없잖아요. 짐만 정리하고 다들 퇴근해 주세요."

"……알겠습니다. 다른 사람들 전부 나 따라와."

박 팀장과 둘만 남게 되자 준철이 그의 눈치를 살폈다.

이젠 정말 중대한 결정을 내려야 할 순간이다.

"박 팀장님. 남은 방법은 하나밖에 없겠는데요."

"후우…… 이걸 정말 기소까지 해야 할까요?"

"네. 저쪽은 뜻을 꺾을 생각이 없어요."

"근데 현실적으로 한경모비스가 유리한 건 사실입니다. 증거가 아무리 많아도 피해자가 안 나타나니……."

"그럼 일단 기소부터 쳐 보죠."

"예?"

"우리가 절대로 기소 못 한다 생각하니 한경에서 더 저러는 겁니다. 피해자는 기소 치고 확보해도 늦지 않아요."

준철의 제안에 박 팀장이 화들짝 놀랐다.

"이 팀장님. 재판은 우리가 100% 확신을 가지고 덤벼도 이길까 말까입니다. 다 완성된 범죄도 퍼즐 하나 빠져서 뒤집어지는 게 허다해요. 하물며 지금 같은 상황에선 더더욱 신중해야죠."

"그렇게 신중하다 5년 동안 끌지 않았습니까?"

"그, 그야 그렇지만."

"이젠 우리가 처벌 의지를 확실히 보여 줘야 할 때입니다. 만약 또 뭉개면 50년이 지나도 안 풀릴 겁니다."

솔직히 지금도 늦었다.

공정위가 재판을 두려워하는 모습이 오히려 한경에게 희망을 줬을 것이다.

"……피해자 확보는 어떡하시게요? 만약 우리가 패소하면 정말 직권남용 혐의를 걸 수도 있습니다."

"그 소리 안 나오게끔 제대로 손봐야죠. 기소하고 피해자 확보합시다."

"지금도 안 나타나는데 나중이라고 나오겠어요?"

"저희가 계속 갈팡질팡하니 대리점들도 못 나서는 거예요. 만약 기소하고 처벌 분위기 조성하면 마음 바뀌는 대리점도 생길 겁니다."

관건은 분위기 조성이다.

당국이 처벌하겠단 의지를 보여 줘야 대리점들의 마음도 바꿀 수 있다.

어쩌면 대리점들의 입을 막은 건 한경이 아니라 공정위일 수도 있다.

처벌한다 큰소리만 치고 5년 동안 기소도 못 했으니, 그들 입장에선 얼마나 못 미더웠겠나?

"밀린 숙제 한 번에 한다 칩시다. 증거 정리해서 기소 넣고요, 핵심 관련자 줄구속시키죠."

"이 팀장님…… 이걸 구속 수사로 진행하실 겁니까?"

"당연하죠. 이거 영장 못 치면 계속해서 대리점들 협박하고 증거 인멸할 겁니다. 그 부분은 우리가 카바해 줘야죠. 피해자 확보될 때까지."

"영장은 검찰이 안 해 줄 텐데."

"할 수밖에 없는 이유 다 찾아야 합니다. 이제부턴 그 싸움이에요."

자신감에 차 있는 준철과 달리 박 팀장은 좌불안석이었다.

"이 팀장님. 오늘 저쪽 태도를 보니까 외려 저희 기소를 바라는 것 같았습니다. 혹시 우리가 실수하길 바라다가 나중에 직권남용으로……."

"공갈이에요."

"예?"

"꿍꿍이가 뭐 있겠습니까. 공정위가 피해자 확보하면 이기고, 못 하면 지는 건데. 직권남용? 저희 겁먹으라고 공포탄 쏜 거죠. 막상 까 보면 실탄은 하나도 없을 겁니다."

웃기는 놈이다.

오히려 기소를 해 달라? 법원에서 자기들 억울함을 밝히고 싶다?

김성균으로 살 때의 경험을 비춰 보자면, 부사장 말은 전형적인 뻥카다.

재판에서 이길 자신이 있든 없든, 기소당했단 뉴스가 나가면 주가는 무너지게 되어 있다.

그 재판 리스크를 3심 끝날 때까지 지고 가야 하는데, 어떤 임원이 이를 반기겠는가?

"오히려 저희가 기소를 강행하는 게 한경 그룹 와해시키는 데도 좋습니다."

"그건 또 무슨 말씀입니까?"

"한경 내부에서도 공정위와 적당히 타협하자는 쪽이 있을 겁니다. 저희가 진짜 처벌 의지를 보이면 저쪽도 의견이 갈리겠죠."

"하면 저 부사장은……."

"전면에 나선 걸 보니 핵심 세력이네요. 일단 구속시키고 공판 전략 짜죠. 처벌 의지 보이면 피해 대리점 반드시 나타납니다."

5년 동안 끌어 온 사건이 드디어 기소에 들어간다. 박 팀장은 심란한 마음이 들었지만, 한 가지만 생각하기로 했다.

기소를 안 할 거면 처벌을 포기해야 한다.

납득할 수 있는가?

❧

"자리 욕심 때문에 그러는 거면 그만둬. 난 회사가 구렁텅이로 빠지는 거 더는 못 봐."

"무슨 말씀인지?"

"시치미 그만 떼. 공정위에서 처벌 수위 가져왔다며? 과징금 안 내는 것만 해도 싸게 막은 거야. 그쯤 하고 그 제안 받아들여."

김원석 사장은 부사장 얼굴을 보자 바로 목소리가 높아졌다.

공정위의 지난 수사가 최후통첩으로 들렸기 때문이다.

수사팀엔 종합감시국까지 합류했고, 그들은 처음으로 원하는 처벌 수위를 말해 주었다. 거부한다면 이젠 기소를 막을 수 없다.

"사장님은 예나 지금이나 참 무책임하십니다."

"뭐?"

"공정위에선 우리 임원들 해임하라 합니다. 이 사람들 다회사를 위해 궂은일 해 준 건데 내팽개치자는 건지요."

"정리된 임원들한텐 퇴직금으로 보상하면 돼! 그리고 너, 정말 의리 때문에 그런 거 아니잖아. 임원들 지지 모아서 사장 자리 탈환하려 그러는 거 아니야?"

부사장은 대답 대신 씩 웃음을 지었다.

"글쎄올시다. 난 사장님처럼 그리 이기적인 사람이 아니라서."

"좋아, 그럼. 이기적인 놈 된 김에 모두 내가 떠안지. 공정위가 가져온 제안 모두 수용하고 임원들 사퇴시켜. 나도 함께 옷 벗는다."

"아이고— 눈물 나겠습니다."

"그만 빈정대고 대답 확실히 해. 공정위 처벌안 수락해!"

김 사장은 공정위가 보낸 최후통첩을 내밀었다.

찌이익.

하지만 부사장은 보란 듯 찢어 버리며 본색을 드러냈다.

"왜? 그런 결단력 보여 주면 나중에 회장님이 다시 불러 줄까 봐?"

"너, 너 이 자식!"

"이번 일에 연루된 임원들 다 내 사람이야. 그걸 왜 당신 무덤에 순장시켜? 그것도 당신을 순교자로 만들면서?"

김 사장은 정신이 아득해졌다.

"겨우 그거였냐? 정말 자리 욕심 때문에 회사를 이 지경까지 몰고 온 거야?"

공정거래
위원회

"돼지 눈엔 돼지 새끼밖에 안 보이겠지. 나야말로 회사를 위해 이러는 거야. 그 임원들 사퇴시킨다는 건 앞으론 대리점에 강매 못 한다는 거야. 추후 매출 줄어들면 은퇴한 당신이 책임질 건가?"

"아무리 그렇다고 회사를……."

"어차피 기소 못 할 텐데, 뭔 놈의 회사 타령이야? 5년 동안 피해 대리점 나타났어? 피해자 확보도 안 됐는데, 공정위가 기소할 수 있을 것 같아?"

공무원은 단순하다.

피곤해질 일 같으면 꽁무니 빼기 바쁘다.

직권남용이란 말을 꺼낸 순간부터 공정위는 위축될 수밖에 없다.

놈들이 제풀에 지쳐 쓰러질 때까지 기다리면 되는 일인데, 대체 왜?

"부사장, 그러다 정말 기소되면 주가 바닥 치고, 우리도 감당해야 할 일이 한둘 아니야."

"나는 필요 없는 걱정 사서 하는 타입 아닙니다. 설사 기소된다 해도 피해자가 안 나타날 텐데 뭘 걱정입니까?"

"우리 앞에서 설설 기어 그렇지, 대리점들 호구 아니다. 어떤 면에 있어선 우리보다 더 영악해."

부사장이 고개를 돌려 버리자 김 사장은 텁텁한 얼굴로 일어났다.

"적당히 놀아나. 회장님 원래 충성 경쟁 즐기는 노인이야. 너 부사장 앉혀 놓은 건 나 긴장하라 그러는 거지, 너 잘해서 그런 거 아니야."

"구구절절한 얘기 그만 듣고 싶은데, 언제까지 더 할 겁니까?"

"아니, 명심해. 지금은 네 얘기 잘 들어주는 것 같지만 문제 생기면 언제든 내팽개쳐 버릴 사람이 회장님이야. 도취되지 말라고."

김 사장은 쾅— 소리를 내며 문을 닫고 나갔다.

그 모습을 보며 부사장은 비웃었다.

"영업의 '영' 자도 모르는 놈이 어디서 훈계질은."

임원들 내치자는 건 미친 소리다. 누가 회사 매출을 올려 줬는데?

창고가 미어터질 만큼 제품을 밀어 넣어야 대리점들이 타사 제품 팔 생각을 안 한다. 지금 해고하자는 임원들은 그 궂은일을 해 줬던 사람들이다.

그런 사람을 잘라 버리면 앞으론 어떻게 영업할 건가?

피해 보상해 주면 앞으론 대리점 눈치도 보자는 건가?

"개를 길들일 줄을 몰라. 태생이 개새끼야. 쯧쯧—."

이번 일만 잘 해결되면 저 사장 놈부터 몰아내리라.

그리 생각하며 의자에 몸을 기댈 때, 문밖에서 다급한 소리가 들렸다.

"부, 부사장님. 큰일 난 것 같습니다."

다급한 얼굴로 들어온 비서는 인사도 잊은 채 말을 이었다.

"검찰에서 저희를 기소해 버렸습니다."

"뭐?"

"공정위가 고발 강행한 것 같습니다. 통보도 안 해 주고 뉴스로 먼저 나갔습니다."

비서는 재빠르게 다가와 현재 실검을 달리고 있는 뉴스 헤드라인을 보여 주었다.

[공정위 - 한경모비스 대리점 갑질, 검찰에 고발]

[장장 5년을 끌어온 사건, 결국 파행]

[피해는 있는데, 피해자가 없는 사건. 무엇이 쟁점인가?]

그래, 재판 가자

기소 발표 직후, 공정위는 즉각 여론전을 준비했다.

사건을 공론화시켰으니 이제 곧 기자들이 달라붙을 것이다.

한경모비스 주가와 직결된 만큼 이미 여론의 관심은 뜨거웠다.

이건 호재이자 악재였다.

유죄가 떨어지면 한경 그룹이 풍비박산 나고, 무죄면 공정위의 권한 남용이 도마에 오른다. 재판 결과는 아직 모르지만 둘 중 하나는 확실히 죽는다.

[공정위, 피해 사실 모두 공개]

[피해는 있으나, 피해자가 나타나지 않은 사건]
[한경모비스에 대한 처벌 의지 확실히 보여]

공정위가 언론 발표까지 선수 치자 한경 그룹도 파상 공세를 퍼부었다.

[한경 그룹, 피의 사실 공개에 강한 유감]
[무죄 추정의 원칙 어겨, 대부분 다 과장된 사실]
[한경, 동의의결안까지 냈는데 공정위에서 거부]
[공정위, 진정성 없는 동의의결안]
[담당자 처벌, 피해 대리점 보상안 전혀 없어]
[익명으로 진행된 다섯 번의 투표 내용 모두 공개]

그렇게 보도와 반박, 반박과 재반박 기사가 연일 쏟아지면서 주가는 만신창이가 되고 말았다.

-야이 미친놈들아!

고래 싸움에 등이 터지는 건 소액 투자자인 개미들뿐이다.
한경 그룹과 공정위가 한 치의 양보 없이 난타전을 펼치자, 주가는 말 한마디에 수백억씩 오르내리는 투기판이 되었다.

공정거래
위원회

"이 팀장님. 주가를 흔들어 놓는단 계획은 성공했습니다만…… 우리 언제까지 보도자료 계속 흘릴 겁니까."

"싸울 수 있을 때까지 해야죠. 왜요, 걸리는 거 있으세요?"

"솔직히 좀 불안합니다. 주주들 원성은 상대를 가리지 않아요. 주주들은 오히려 이 문제를 저희의 과잉 수사라 지적하더군요."

"주주들이야 주식 가지고 있는 사람들인데, 당연히 팔은 안으로 굽겠죠."

"……그럼 우리한테 불리한 거 아닙니까. 공론화시켰는데 정작 여론이 저쪽 편이면."

"근데 저건 여론이 아니라 주가 게시판일 뿐이잖아요. 상식적인 사람 중 저희를 욕하는 사람은 없습니다. 우린 우리 소신대로 밀고 나가면 돼요."

박 팀장은 속내가 복잡한지 한숨이 나왔다.

전형적인 공무원의 모습이다. 시끄러운 사건 피하고 싶고, 사람들 관심받는 거 싫어한다.

재판에 대한 부담도 한몫하고 있을 것이다. 이렇게 공론화시켰는데 패소하면 한직으로 좌천당할 각오도 해야 한다.

준철은 그의 표정을 살피다 조심히 말을 꺼냈다.

"박 팀장님. 이겨도 바보, 져도 바보면 이기는 바보 돼야죠. 이런 싸움 하기 싫어서 5년 동안 기회 줬는데, 한경에서 그거 걷어찼잖아요?"

"후우…… 그야 그렇죠."

"여기까지 와서 우리가 몸 사리면 괜한 오해 삽니다. 더 적극적으로 나서야 돼요."

똥이 무섭든, 더럽든 피한다고 능사가 아니다. 더러운 게 있으면 치워야 문제가 해결된다.

그리고 그 더러운 걸 치우다 보면 묻는 것 또한 감수해야 하겠지.

얼마간 생각하던 박 팀장은 곧 결심을 굳혔다.

"좋습니다. 그럼 검찰에 이거 얼른 신청하시죠."

◌

"……최 사장님. 이젠 우리도 뭘 해야 할 때 아닙니까?"

공정위와 한경모비스가 살벌한 신경전을 펼칠 때, 복잡한 심경으로 이를 바라보는 이들도 있었다.

"공정위가 결국 기소해 줬네요."

"언론 발표에 저렇게 적극적인 거 보면 처벌 의지도 확실해 보입니다."

"이제 더 이상 우리도 침묵하면 안 돼요. 아니, 우리가 침묵해서 이 지경까지 온 겁니다."

한경 매출 1-10위인 서울 대리점 연합들은 쥐구멍에라도 숨고 싶었다.

공정거래
위원회

피해는 있는데, 피해자가 없는 갑질.

이는 결국 자신들을 질타하는 말 아닌가?

주가가 급락하고 언론 발표가 계속될수록 국민들의 원성은 대리점주들에게 쏠렸다.

부당함에 대해 말할 용기도 없으면서 억울하다 하는 놈들, 이것이 국민들의 냉혹한 평가였다.

이런 분위기가 반영된 건지 오늘 회의에선 자성의 목소리가 많이 나왔다.

"얼마 전에도 공정위 수사팀 와서 제발 피해 사실 말해 달라고 부탁합디다."

"……."

"피해자가 없으면 재판을 할 때 공정위에 불리하답니다."

"들을 얘긴 들었어."

"그럼 이젠 우리도 결단을 내려야죠! 막말로 공정위가 저러는 거 다 우릴 위해서 하는 짓이에요. 계속 못 본 척할 겁니까?!"

이들 무리의 대표이자, 매출 1위인 영등포점 최 사장은 눈을 돌려 말했다.

"다른 사장님들 의견은 어떻습니까?"

이에 가장 연로해 보이는 남자가 조심히 말했다.

"결국 우리 이름 까자는 건데…… 대책이 안 나와. 이 사건 끝나고 본사가 보복하면 어떡할 건데?"

"저도 동의합니다. 본사에서 가맹 끊어 버리면 우리 죽어요."

"난 솔직히 공정위가 저러는 거 불편합니다…… 저러다 불매운동 일어나면 결국 우리만 죽는데……."

모두들 우려를 표하자 공정위를 돕자던 사내가 다시 말했다.

"그럼 왜 익명투표할 때 강매당했다고 응답했습니까? 피해 호소 응답률이 70%인데, 사장님들은 다 30%였습니까?"

"……."

"사장님들. 저희 은평점 연매출 겨우 50억입니다. 근데 다음 년에 갑자기 목표 매출을 60억으로 올리고, 물량 그대로 밀어 넣었어요. 이거 저희만 당한 거 아니잖아요. 사장님들 다 강매 당해 보셨잖아요?"

이 말만큼은 아무도 반박할 수 없었다.

끼워 팔기, 밀어넣기, 후려치기 정말이지 안 당해 본 강매가 없다.

"나도 당했습니다. 저희 창고엔 3년 지난 제품이 아직도 재고로 쌓여 있습니다! 이거 본사에서 안 팔리는 제품 억지로 끼워 판 상품이에요."

"경쟁사 제품 못 팔게 하려고 밀어넣기(과잉주문)도 얼마나 했습니까?!"

"재고 처리할 때 세일 지원비 준다 해 놓고선 입 싹 닫은

**공정거래
위원회**

것도 많습니다!"

공정위가 피해액을 60억으로 추산했지만, 그것도 보수적으로 매긴 가격이다.

안 팔리는 제품 세일해서 팔고, 헐값에 처분한 가격까지 합하면 160억도 넘을 것이다.

최 사장은 주변 분위기를 보다 다시 입을 열었다.

"억울한 심정은 나도 알아. 근데 뚜렷한 대책이 없는 것도 사실이잖아?"

"지금 여론의 반응 안 보이세요? 모두가 다 저희 욕합니다. 익명투표로만 말하고 막상 나서지도 않는다고."

"그렇게 욕하는 놈들도 우리 입장 되면 다 똑같아. 자기들은 회사에서 상사한테 할 말 다 하고, 거래처한테 할 말 다 한대?"

그리 묻자 대답이 없었다.

"치사하고 더럽지만 우린 어쩔 수 없이 눈치 보고 분위기 봐가면서 판단해야 돼."

"……그럼 이대로 계속 당할 겁니까? 처벌 못 하면 앞으론 더 기고만장해져서 우리한테 갑질할 겁니다."

"나도 그러고 싶진 않아. 그러니까 분위기 좀만 더 살피자. 공정위가 정말 처벌할 의지가 있다 판단되면, 그때 가서 도와줘도 늦지 않아."

담당 검사는 준철과 박 팀장 얼굴을 번갈아 보더니 관자놀이를 짚었다.

"그러니까…… 구속영장 신청하자고요? 지금?"

"예. 증거 인멸의 우려가 너무 큽니다. 핵심 관련 인물들 구속 못 하면 계속해서 대리점들 협박할 거고요."

"무슨 심정인지는 알겠는데요. 그렇다고 어떻게 이 다섯 명을 한꺼번에 구속시킵니까?"

"저희 조사에 따르면 이 사람들 모두 강매를 직접 지시한 사람들입니다."

준철이 증거자료를 내밀려 하자 그가 손사래 쳤다.

"누가 지금 그거 몰라서 이러는 거 아니잖아요."

"하면 안 될 거 있습니까?"

"아무리 직접 가담자라 쳐도 어떻게 지금 같은 상황에서 다 줄구속시킵니까?"

핵심 관련자 다섯 명 구속.

이건 한경 그룹의 기둥 하나를 송두리째 날리겠다는 거다.

공정위의 단호한 처벌 의지를 보여 줄 순 있겠지만, 그에 대한 리스크도 크다.

재판에서 지면 과잉 수사란 역풍을 어떻게 막을 것인가?

"솔직히 난 이 사건 그냥 구속 수사하는 것도 반댑니다. 공정위에서 피해자 확보는 했습니까?"

"저희가 다섯 번이나 익명투표를 하지 않았습니까. 갑질 피해 응답 비율이 70%였습니다."

"그러니까 그 70% 중에 한 사람이라도 자기 이름 깐 사람 있습니까?"

공정위도 그 부분에 있어선 할 말이 없었다.

담당 검사는 가만히 한숨을 내쉬다 말했다.

"검사가 아니라 법조인으로 말씀드리는데, 이건 솔직히 기소하는 것도 어려웠어요. 공정위가 전속고발권(공정위가 고발하면 무조건 기소) 안 썼더라면 난 적당히 하다 그냥 끝냈을 겁니다."

"그 부분은 저희도 감사하게 생각합니다."

"그럼 현실적인 대책도 말해 주세요. 익명투표는 재판에 못 씁니다. 피해자 확보 어떻게 하실 겁니까?"

검사가 그리 몰아붙이자 준철이 서류를 내밀었다.

"검사님. 저희는 이게 대리점들의 SOS 사인이라고 생각합니다."

"익명투표 결과 못 쓴다니까……."

"쓰겠다는 게 아니라요. 이게 대리점들이 보내는 구조 신호라는 거죠. 지금 상황에서 가장 억울한 건 대리점들 아닙니까? 저희가 처벌 의지를 확실히 보여 주면 분명히 증언 나옵니다."

이 사건을 기소한 것만으로도 분위기가 흔들리기 시작했다.

관련자를 구속까지 하면? 분명히 증언 나온다.

수사 당국이 할 일은, 절대로 중간에서 덮지 않겠다는 의지를 보여 주는 것이다.

"그리고 검사님도 잘 아시지 않습니까? 증언은 처음 하나 확보하는 게 어렵지, 한번 시작되면 봇물 터지듯 나온다는 거."

"……."

"장애물 하나만 치워 주세요. 나머지 일은 저희가 하겠습니다."

분명히 들었다, 그 대화를.

한경 내부에서도 적당히 타협하자는 쪽이 있다.

강경파들만 처리하면 충분히 해 볼 만하다.

할 수만 있다면 그 대화를 직접 들려주고 싶었지만 그건 불가능이다.

검사는 긴 한숨을 내쉬더니 눈빛을 바꿨다.

"장애물 치우는 거 도와드리죠. 단 조건이 있습니다."

"말씀하세요."

"만약 1차 공판까지 피해자 확보 못 하면 난 이 사건 손 떼겠습니다."

검사가 손을 떼겠다는 건, 한경 그룹의 동의의결안에 합의하겠다는 뜻이다.

함께 듣던 박 팀장은 펄쩍 뛰었다.

공정거래
위원회

"검사님. 그건 좀 너무한 거 아닙니까? 저희가 잡은 증거가 수없이 많아 유죄는 확정입니다. 최소 과징금은 받아 낼 수 있어요."

"그건 아무도 장담 못 해요. 난 감옥에 처넣기만 하면 되는 살인범도 풀어 줘 봤습니다. 그놈의 결정적 증거 하나 못 잡아서."

지금은 처벌 수위 가지고 싸우지만 피해자 확보 못 하면 아예 무죄가 될 수도 있다.

법의 허점을 누구보다 잘 알고 있었기에 준철도 이 말에 수긍했다.

"알겠습니다. 구속까지 시켰는데, 그래도 피해자 안 나타나면 저희가 승복하겠습니다."

"그냥 승복만 하는 게 아닙니다."

"당연히 지금 이 상황에 대한 책임도 저희가 져야죠. 염려하지 않으셔도 됩니다."

검사는 그 모습을 확인하곤 무심하게 영장 청구서를 들었다.

"후우…… 이거 기각되면 나만 바보되는 건데."

[속보 - 한경모비스 한지호 부사장, 영장 발부]

[이르면 이번 주 안으로 구속할 계획]

[檢, 핵심 임원 5명 등 모두 구속 예고]

판결까지 가기 전 양자가 합의할 거란 예측과 달리 구속이 결정되었다. 피해자 확보도 안 된 상태에서 구속 수사는 이례적인 일이다.

언론들이 앞다퉈 기사를 내보내자 한경모비스 주가는 지지선인 3만 원대가 무너졌다. 하지만 이는 추락의 서막이었다.

검찰의 구속 결정은 여러 추측을 낳았고, 증권 지라시를 통해 '피해자가 확보됐단' 유언비어가 퍼지며 2만 5천 원으로 곤두박질쳤다.

"한 말씀만 해 주십쇼. 대리점에 강제 매입을 지시한 적 있습니까?"

"피해자가 확보됐단 사실은 모두 사실입니까?"

한지호 부사장이 검찰로 출석하는 당일엔 수많은 기자가 몰렸다.

기자뿐 아니라 시민 단체들까지 모여 그의 출석을 열렬히 환영해 주었다.

[본사갑질! 회장책임!]

[사지도 말고, 팔지도 맙시다!]

[한경모비스 불매운동!]

시뻘건 플래카드들을 보며 한지호가 입을 뗐다.

"대리점에 강제 매입한 정황은 단연코 없습니다."

"그럼 공정위가 발표한 자료는 뭡니까? 대리점에 과잉 매출 목표를 설정하고, 제품 강매한 흔적이 있었습니다."

"그건 저희 본사가 대리점들과 '자율적'으로 협의한 목표 매출입니다."

"70% 대리점이 피해를 호소했는데, 자율적이라고요?"

"물론 그 과정에서 저희 의욕이 과했다는 부분은 인정합니다. 하지만 매출이 늘면 가장 큰 이익을 보는 건 대리점들입니다."

"안 팔리는 제품까지 끼워 파는데 어떻게 대리점 이익입니까?"

"타사 제품 못 받게 밀어넣기를 했는데 어떻게⋯⋯."

"자세한 내용은 모두 검찰 조사에서 소명하도록 하겠습니다."

❦

취조실에 도착한 한지호는 주눅 든 기색 전혀 없이 자리에 앉았다.

검사가 오기 전 넥타이도 풀고 양말도 벗어 던졌다.

뒤늦게 도착한 준철은 제집 소파처럼 앉아 있는 한지호를 보며 헛웃음을 지었다.

"편안한 차림으로 오셨네요?"

"뭐 나 같은 사람이 검찰 취조실에 한두 번 옵니까? 영장 쳤다고 겁먹을 줄 알았다면 오산입니다."

"그럴 리가요. 마침 취조 일정이 빡빡해서 걱정했는데, 적응 잘해 주시니 다행이네요."

그는 준철이 내민 취조 일정표를 보자 금세 얼굴색이 바뀌었다.

아침 9시부터 저녁 6시.

그야말로 검사가 출근해 있는 시간엔 모조리 다 취조다.

"젊은 팀장님. 이거 너무 무모하단 생각은 안 하십니까?"

"무슨 말씀이죠?"

"공론화시켜서 회사 망신 준 건 그렇다 칩시다. 근데 피해자 확보도 안 됐는데, 임원들 전원 구속? 이러면 우리가 백기 투항이라도 할까 봐?"

그는 언성을 높이다 스케줄표를 던졌다.

"대체 뒷감당 어떻게 하시려고 이런 무모한 짓을 벌이십니까?"

"그러니까 저희가 신사적으로 대해 드릴 때 협의하면 좋았잖아요."

"뭐?"

"대리점들 뒤에서 협박했죠? 공정위 수사에 협조하면 가맹 끊어 버릴 거라고."

"그거, 증거는 확보하고 하는 소리요?"

"똥인지 장인지 꼭 먹어 봐야 압니까? 익명투표에선 일관
되게 피해를 호소해요. 근데 이름 밝히는 건 꺼리고. 이런 현
상이 왜 일어나겠습니까?"

준철은 더 들을 필요도 없다는 듯 다른 서류를 건넸다.

"긴말 안 하겠습니다. 이 상황을 가장 빨리 끝낼 수 있는
방법을 말씀드리죠."

"또 그 소리요? 관련자 징계하고 피해 보상하라?"

"잘 아시는군요. 동의의결안 다시 쓰세요. 지금이라도 책
임 있는 자세 보이면 검찰에 고발 취하하겠습니다."

공정위엔 전속고발권이 있다.

갑질, 독과점, 담합 같은 기업 범죄는 검찰이 단독으로 기
소 못 하고 공정위가 고발해야만 검찰이 수사에 착수할 수
있다.

반대로 말해 공정위가 취하하면 수사를 끝낼 수도 있단 얘
기다.

하지만 이런 회유는 한지호 귀에 다른 의미로 들렸다.

"동의의결안 다시 써 와라? 그러니까 아직도 피해자 확보
못 했다?"

그는 비열하게 웃으며 본색을 드러냈다.

"젊은 팀장님. 이런다고 대리점들이 입을 열 거 같소?"

"못 할 거도 없다 생각합니다만."

"천만에 말씀. 애초에 그럴 사건이었으면 5년이나 끌지 않았어. 백번 양보해 당신들이 대리점 설득했다 쳐. 우린? 진술 내용 들으면 어떤 대리점인지 다 알 수 있어. 그럼 재판 당일에 그 사람들 출석도 못 할걸?"

재판에 무단으로 불출석하면 실형이 떨어질 수도 있지만, 본사에서 가맹이 끊기는 건 이보다 무서운 형벌이다.

"나야말로 이 문제를 제일 빨리 해결하는 방법을 알려 드리죠. 우리가 낸 동의의결안 수용하고, 구속 푸쇼. 그럼 우리도 사과 성명 내는 것으로 마무리하리다."

더 들을 필요도 없다 생각한 준철은 자리를 털고 일어났다.

"그래요. 그럼 어디 한번 두고 봅시다. 우리가 피해자 확보하는지 못 하는지."

"어떻습니까?"

"끄떡없네요. 오히려 대리점들이 입 열면 바로 보복할 거라고 협박까지 하더군요."

"네? 아니 지금 누가 누구한테 협박을."

"그만큼 입단속에 자신 있다는 거겠죠. 그간 대리점들 입

못 열게 한 건 확실합니다."

취조 내용을 전해 들은 박 팀장은 분통을 터트렸다.

왜 5년 동안 수사가 안 풀렸는지 확인했다. 부사장 놈이 뒤에서 계속 협박하고 있었던 것이다.

"좋게 생각하세요. 그래도 일당 모두 구속시키지 않았습니까."

"그것도 부족한 것 같습니다. 저렇게 나올 줄 알았다면 노민기 회장도 구속시켜야 했는데."

"한경 그룹의 기둥 하나가 날아갔으니 회장도 정신없을 겁니다. 수습하기 전에 얼른 마무리 짓죠."

이젠 피해자를 확보하느냐 마느냐의 싸움이다.

"지금 대리점들 반응 어떻습니까?"

박 팀장은 서류를 내밀며 조심히 말했다.

"구속시키니 확실히 분위기가 다릅니다. 주요 대리점들이 먼저 연락해 현 수사 상황에 대해 물어 왔습니다."

"혹시 증언하겠단 곳도 있었습니까?"

"아직은요."

수사 상황에 관심은 많은데, 나서진 않는다.

이건 그들도 분위기를 살피고 있단 증거다.

준철은 한경 매출 1-10위까지인 서울 대리점 명단을 보며 박 팀장에게 물었다.

"박 팀장님. 이 사장님들 전부 모아 주실 수 있습니까?"

"한번에요? 그것보단 차라리 각개격파가 낫지 않습니까? 다른 대리점에선 이런 말도 하더라 하면서 떠볼 수도 있고."

"5년 동안 시달렸던 사람들이라 택도 없을 겁니다. 시간도 급하고요. 그냥 전체 소집해 주세요."

관건은 그들이 느끼고 있을 불안감을 없애는 것이다.

만약 충분한 설득을 했는데도 그들이 나서지 않는다면? 그 땐 정말 어쩔 도리가 없다. 검사의 말대로 한경모비스 시정 안에 동의하는 수밖에.

부디 최악의 상황이 벌어지지 않길 바라며 준철은 서류를 정리했다.

처음 만난 대리점 사장들은 하나같이 다 수심 가득한 얼굴이었다.

간단한 인사를 나누는 것만으로도 그들이 얼마나 경계하고 있는지 여실히 느껴졌다.

공정위에 대한 경계심일까, 아님 한경의 보복에 대한 두려움일까?

"상황 다 아실 테니, 본론부터 말씀드리겠습니다. 현재 저희 공정위는 모든 증거를 다 갖췄는데 가장 중요한 게 없습니다. 피해자요."

"······."

"그리고 저희가 다섯 번에 걸쳐 익명투표를 진행했는데 대다수 대리점들이 피해를 호소했습니다. 이젠 말씀해 주세요. 그래야 저희도 여러분들을 도와드릴 수 있습니다."

이제 더 이상 도망칠 곳은 없다. 협조하지 않는다면 더 이상 공정위도 나서지 않겠다.

준철이 적당한 압력을 넣어 말하니 사장들도 동요하기 시작했다.

"저····· 한 말씀만 드려도 되겠습니까?"

"말씀하세요."

"이런 말씀을 드려 죄송합니다만. 저흰 이게 생계와 직결된 문제입니다. 문제 해결도 중요하지만 본사가 어떻게 보복할지도 두렵습니다."

"맞습니다. 본사가 대리점들에 보복할 방법은 무궁무진합니다. 그 대책도 없이 저희에게 용기를 내라고 말하는 건, 솔직히 어렵습니다."

선두에 선 사내들이 그리 묻자 준철이 대답했다.

"그럼 먼저 사실관계부터 확인하겠습니다. 본사에서 과잉 목표 매출을 설정하고 물건을 강매했습니까?"

대답이 없자 준철이 부연 설명을 덧붙였다.

"익명투표다 생각하고 말해 주십쇼. 오늘 회의 내용은 제 직을 걸고 외부에 말하지 않겠습니다."

"······있습니다."

"끼워 팔기, 밀어넣기, 할인 행사 강요. 3가지 부당 행위 모두 있습니까?"

"······예. 있습니다."

"사실 이 문제는 한경모비스에도 인정한 부분입니다. 근데 이 사람들이 재밌는 동의의결안을 가져왔더군요."

준철은 그 서류를 보이며 말했다.

"내용을 요약하면, 앞으론 안 그러겠다는 겁니다. 관련자는 바뀌지 않을 거고, 여러분들 피해액은 상생기금으로 보상하겠다 합니다. 이 의결안에 여러분들도 동의하십니까?"

그리 말하자 곳곳에서 원성이 터져 나왔다.

"아니, 담당자도 안 바뀌는데 앞으로 뭐가 바뀐다는 겁니까?!"

"상생기금은 어디에다가 쓸 건데요?!"

"전혀 말도 안 됩니다."

"이건 시정안도 아니에요."

준철이 웃었다.

"그렇죠. 바뀌어야겠죠. 그래서 제가 제안드리는 건 이겁니다."

준철이 내민 서류를 본 최 사장이 놀랐다.

"이, 이건 단체 구성권 아닙니까?"

"예. 보복 때문에 두려워하신 거잖아요. 앞으론 대리점들 단체 행동할 수 있습니다. 이 협약을 근거로 본사와 가격 거래까지 할 수 있어요."

대리점 단체 구성.

한마디로 대리점의 노조 권한으로 보면 된다.

대리점이 단체 구성을 하면 가격 협상을 할 수도 있고, 부당 행위에 대해 공동으로 대응할 수도 있다.

하지만 아직 통과된 지 얼마 되지 않았고, 정착 단계의 법이라 이를 아는 대리점은 얼마 없었다.

알고 있어도 감히 단체 구성을 요구할 수 없었을 것이다.

본사에서 두 눈 시퍼렇게 뜨고 있는데, 어떤 대리점이 이를 주도할 수 있겠나?

"제가 이걸 도와드리겠습니다. 한경모비스에 단체 구성 지위를 인정받고 앞으로 협상할 수 있죠."

"하면……."

"본사에서 보복할 생각은 엄두도 못 낼 겁니다. 그땐 여러분들이 파업 같은 강수를 둘 수도 있으니까. 그리고 보복에 대한 과징금은 손배가 3배입니다. 징벌적 손해보상이라 액수에 '0' 하나가 더 붙을 거예요."

대리점들이 뭉쳐 있으면 나중에 보복당할 우려도 줄어든다.

이들은 준철의 제안에 웅성거리기 시작했다.

그러다 한 사내가 물었다.

"만약 저희가 공정위를 돕는다면…… 앞으로 절차가 어떻게 되는 겁니까?"

드디어 그들이 틈을 보이기 시작했다.

대리점 사장들은 모두 흔들리는 눈빛으로 준철을 바라봤다.

　"그럼 간단히 절차에 대해 설명드리겠습니다. 먼저 여러분들이 증언해 주시면 저희는 법원에 증인 신청을 미리 해야 해요."

　"잠시만요. 미리 신청한다고요?"

　"그럼 본사가 어떤 대리점인지 다 아는 거 아닙니까? 재판 전에?"

　"예. 아마 재판 시작하기 전까지 숱한 회유와 협박을 해 올 겁니다."

　여기서 증언을 얻었다고 해서 끝이 아니다.

이들이 법원에 출석해 같은 진술을 '직접' 해 주어야 한다.

한경 그룹은 증인 목록만 보고도 어떤 대리점인지 파악할 것이며, 분명 출석 못 하게 온갖 방법을 동원할 것이다.

"어떤 부분을 우려하시는지 충분히 압니다. 그래서 저희도 한경 그룹의 외압을 막기 위해 부사장 라인을 전부 구속한 거고요."

구속이란 말에 동요가 조금 수그러들었지만 근원적인 질문이 남았다.

"그럼 저희가 언제까지 외압에 시달려야 하는 겁니까?"

"법원에서 판결이 떨어져도 한경에서 항소할 수 있잖아요?"

"그럼 3심이 진행되는 내내 저희가 외압에 시달려야 하는 겁니까?"

이에 준철은 고개를 저었다.

"당연히 아닙니다. 그래서 저희도 재판 오래 끌 생각 없습니다."

"하면……?"

"어차피 재판은 한 번 해서 그날 판결이 나오는 게 아닙니다. 1차, 2차, 선고 재판…… 최소 세 번은 진행될 겁니다. 일단 저희 목표는 1차 재판에서 죄를 밝히고, 그들에게 협상안을 내미는 겁니다."

"어떤 협상안인지……?"

"강매를 주도한 임원들 해임하고, 대리점에 손해배상을 해라. 그럼 우리도 과징금을 매기지 않겠다. 딱 여기까지요."

"……만약 한경에서 그에 응하지 않으면요?"

"저쪽 변호팀은 대한민국 최고의 법률 전문가들입니다. 저희가 피해자 확보하면 재판 결과가 어떨지 누구보다 잘 알아요. 절대 그럴 일 없을 겁니다."

이미 주가는 풍비박산 났고 세간에선 한경모비스 불매운동까지 벌어지고 있다.

그런 마당에 피해자까지 확보됐으니, 이젠 무죄 가능성도 사라진 셈이다.

법정에서 다툴 문제는 과징금이 적당하네 마네, 담당자 처벌이 과하네 마네 하는 문제들뿐인데, 한경 그룹이 그걸 3심까지 끌 바보들은 아니다.

"저희도 이 싸움 오래 끌 생각 없습니다. 1차 재판까지만 여러분들이 용기 내 주시면 마무리는 저희가 하겠습니다."

준철의 거듭된 설명에 대리점들 분위기도 바뀌기 시작했다.

긴 재판을 거치지 않아도 되고, 사업자단체를 구성하면 본사 보복에도 공동 대응할 수 있다.

무엇보다 기대되는 건 이 부당한 갑질을 근절할 수 있단 희망이었다.

본사가 멋대로 목표 매출을 정하고, 그 할당량만큼 물건을

사 가야 하는 구조.

할당량 못 채우면 본사에 반품도 못 한다.

이게 어떻게 영업인가? 다단계에 가깝지.

"……저희 은평대리점 진술하겠습니다."

"……저희 서초점도요."

"전 끼워 팔기 항의하다 당시 담당자한테 욕설까지 들었습니다! 통화 내역 있어요."

"저희는 반품 처리 안 해 줘서 창고에 아직도 5년 지난 상품이 쌓여 있습니다. 증거 많아요."

준철은 박 팀장에게 눈짓을 줬고, 그는 떨리는 손으로 핸드폰 녹음기를 켰다.

장장 5년을 기다려 왔던 증언들이 드디어 쏟아지기 시작했다.

"모릅니다."

"그런 적 없습니다."

"기억 안 납니다."

선전포고를 한 양측은 그 뒤 철저한 증거 수집과 재판 준비에 들어갔다.

구속 수감된 한지호 부사장은 계속해서 묵비권으로 일관

했고, 노민기 회장에 대한 소환장은 '병환'을 이유로 번번이 거절되었다.

심리(취조) 단계에선 한마디라도 덜 하는 것이 유리하단 걸 알았기 때문이다.

그렇게 진전 없는 취조만 이어지다 재판을 일주일 남겼을 쯤, 이변이 생겼다.

"뭐야? 증인 신청을 했어?"

"예. 방금 변호사가 보고 연락을 했습니다."

노민기 회장은 비서가 가져온 서류를 보며 분통을 터트렸다.

"한 사람이 아니었습니다. 출석하기로 한 사람만 열 명이었고, 50여 개 대리점들이 증언을 보내왔습니다."

"이놈들이!"

어떻게 감히 개가 주인을 문 단 말인가?

공정위가 신청한 증인 목록엔 10명의 대리점주 명단이 포함되어 있었다. 이건 분명 유리한 진술을 얻었다는 뜻이다.

"영업관리부 뭐 해?! 얼른 연락 돌려!"

"그게 저…… 연락을 안 받는다 합니다."

"뭐?"

"찾아가도 만나 주지 않고, 연락을 해도 받질 않습니다. 아마 자기들끼리 모여 저희랑 접촉하지 말라고 얘기해 놓은 것 같습니다."

연락을 받지 않는다면 가맹을 끊어 버리겠단 협박도 무용지물이다.

게다가 놈들은 이미 단체 행동까지 벌이고 있는 듯하다.

"그놈들 왜 잠잠하다 이제 와서 난리야?!"

"아무래도 구속 여파가 큰 거 같습니다. 저희가 막상 처벌받을 거 같으니 대리점들이 이탈한 것 같습니다."

"그 짓거리 못 하게 협박해 놓지 않았어?"

"그 일을 주도한 한지호 부사장이 구속되다 보니…… 솔직히 공정위가 무더기로 구속을 시켜 버린 게 너무 치명적이었습니다."

강경파들을 모두 구속했으니, 이는 대리점들에게 희망으로 보였을 것이다.

노 회장은 하늘이 노래졌다.

자신들의 수족은 잘려 나가고, 내부에선 배신도 나왔다.

그리 생각하니 돌연 생각이 이상한 쪽으로 향했다.

"참 이상하구먼."

"예?"

"공정위가 우리 회의 내용을 들여다본 것도 아닌데. 어떻게 부사장 쪽들만 조목조목 골라서 구속을 강행했는지 말이야."

"……."

"누가 저쪽에 정보를 팔지 않았다면 가능이나 하겠어?"

공정거래
위원회

비서는 회장님의 의중을 알아챘다.

내부의 협조 없이는 이뤄질 수 없는 수사다. 대리점들이 배신한 게 아니라 사내 임원 중 누군가 먼저 배신한 게 틀림 없다.

"김 사장 지금 어디 있어?"

"방금 출근한 걸로 알고 있습니다."

"내 방으로 불러. 괜한 오해 살 일 없게 이상한 말 하진 말고."

오해를 바라지 않는다 말했지만 회장님은 이미 김 사장을 의심하고 있는 게 틀림없었다.

그렇게 비서가 나가고 나자 회장이 한숨을 쉬었다.

피해자만 확보 못 하면 이기는데, 이젠 패배가 명백해졌다. 하지만 증인 신청은 말 그대로 증인 신청일 뿐이다.

놈들을 재판에 출석 못 하게만 하면 아직은 해 볼 만하다.

"부르셨습니까, 회장님."

이윽고 들어온 김 사장은 낯빛이 어두웠다.

지금 이 자리에 왜 소환된 것인지 짐작하고 있는 모양이었다.

"대강 돌아가는 얘긴 알지?"

"예…… 저도 오늘 아침에 들었습니다."

"대리점들이 우리 연락도 안 받는다는군. 그리고 갑자기 무더기로 증인 명단에 올랐어. 뭐 공정위 쪽에서 신청한 증인이니 당연히 우리한텐 불리할 거야."

김 사장은 듣고 있다 굳은 목소리로 말했다.

"회장님. 먼저 한 말씀 드리겠습니다. 저는 아닙니다."

"뭐가?"

"핵심 임원들 구속한 거 말입니다. 저도 회사 돌아가는 분위기 압니다. 부사장 쪽 사람들 모두 구속되니 다들 절 의심하더군요."

"나도 자네가 했다고 생각하진 않아. 근데 만약 내부 고발자가 없었다면 저들이 어떻게 이리 필요한 사람만 구속했을꼬?"

"그건 저도 모르겠습니다. 하지만 저는 절대 아닙니다."

회장님의 은근한 말투는 자신을 의심하고 있다는 걸 말해주었다.

"김 사장."

"……예."

"아니라면 증명을 해 봐. 부사장 공백 없게끔 자네가 그 일 하면 되잖아?"

노 회장은 표정을 바꿔 말했다.

"대리점들 재판에 출석하면 안 돼. 증언 번복시키면 더 좋고."

막으라는 얘기다.

"하지만…… 현실적으로 막을 방법이 없습니다."

"지금 안 하겠다는 건가?"

"안 하는 게 아니라 못 하는 겁니다. 공정위가 구속 강행
했을 때부터 저희한테 불리하게 돌아갔습니다. 그간 대리점
들이 나서지 않았던 건, 저희가 처벌 안 받을 거란 생각 때
문이었으니까요. 근데 이젠 나서 버렸으니 돌이킬 수가 없
습니다."

"그럼 그 희망을 절망으로 바꿔! 우리가 보복할 수 있는 방
법이 한둘이야? 가맹을 취소하든, 계약을 끊든 밥줄 가지고
협박하란 말이야."

가맹을 끊어 버리겠다, 그거 한 가지만 있는 게 아니다.

내년부터 제품 가격을 올릴 수도 있다.

할인 행사를 강요하고 지원비를 안 줄 수도 있다.

이 모두 합법적으로 할 수 있는 일들이다.

"지금 상황에선 그래도 소용없을 텐데요."

"지금 소용이 있는지 없는지 따질 때야? 재판 일주일 남았
어. 할 수 있는 건 다 해 봐야 할 거 아니야!"

"……."

"그게 안 되면 지랄 맞은 모습이라도 보여 줘. 우리 이 재
판 3심까지 갈 거야. 그때까지 우리한테 당하고 싶지 않으면,
재판에 절대 출석하지 말라 그래."

대리점들은 결속력이 약하다.

지금은 의기투합해도 사건이 장기화되면 분명 이탈자가

생기기 마련.

본사에서 이런 엄포를 하는 것 자체가 놈들의 사기를 꺾어 놓을 것이다.

"외람되지만 회장님…… 그보단 차라리 회유를 하시지요."

"뭐?"

"지금 상황에서 피해자 등장해 버리면 재판은 필히 저희가 집니다. 대리점들도 그걸 잘 알 테고요. 그럴 바엔 차라리 지금이라도 공정위 시정안에 동의하는 게 낫습니다."

김 사장이 애원하듯 말해 봤지만 노민기 회장의 얼굴엔 미동도 하지 않았다.

노 회장은 그를 빤히 쳐다보더니 혀를 차며 말했다.

"재판이 일주일밖에 안 남았는데, 지금이라도 타협하라? 그럼 공정위가 퍽이나 우릴 용서해 주겠네?"

"지금이라도 선처를 바라면 아무래도……."

"이미 언론 기사로 피 터지게 싸워 댔는데 뭔 놈의 선처? 부사장이 놈들 앞에서 권한 남용으로 소송 걸겠다는 말까지 했어. 자넨 지금 그쪽에서 선처해 줄 것 같아?"

"……."

"공정위나 우리나 이제 서로 못 물러. 우리가 할 수 있는 일은, 지금 상황에서 이거라도 해 보는 거야!"

재판은 무를 수가 없다.

처벌 수위도 처음 공정위가 제시한 안보다 더욱 세질 것이

공정거래
위원회

다. 결국 지금 물러서면 죽도 밥도 안 된다는 얘기.

김 사장 입에선 결국 회장이 원하는 대답이 나왔다.

"……알겠습니다. 대리점들 설득해 보겠습니다."

"설득이 아니라 명령이야. 우리 지시 어기면 가맹 계약 바로 끊어 버릴 거라고. 이거 분명히 전달해."

"……알겠습니다."

자리로 돌아온 김 사장은 막막한 심정에 고개를 들지 못했다.

이미 대리점들이 단체 행동에 나섰는데 그들을 어떻게 막을 것인가? 그만큼이나 회사 입장이 절박하단 뜻이겠지.

몇 달 새 30%나 폭락한 회사 주가가, 꼭 침몰하는 타이타닉호를 보는 듯했다.

↻

"갑질 논란으로 5년을 끌어오던 한경모비스 사건이 오늘 처음 재판을 엽니다."

"당초 피해자를 확보하지 못해 수사가 난항이었던 것으로 전해졌는데요."

"수사 막판에 공정위가 다수의 증인들을 신청하며 피해자 확보에 대한 자신감을 보였습니다."

"오늘 재판 추이에 따라 주가에 어떤 영향이 있을지 박성표 기자가 전합니다."

[대리점과 본사의 전쟁]

재판 당일 아침 신문은 모두 이 제목으로 도배가 되었다.
그야말로 세기의 대결이었다.

대리점들이 연합해 본사에 대항한 사례도 없었고, 공정위
가 한 사건에 5년 동안 싸워 왔던 사례도 없었다.

무엇보다 주목받았던 건.

"쟁점은 사실 '강제매매'입니다. 사실 현재 법에선 어떤 걸
강제매매다라고 정한 규정이 없거든요. 어쩌면 이번 사건을
계기로 '강매'에 대한 판례가 정리될 수도 있습니다."

이 재판이 앞으로 대리점 문제에 큰 판례를 남길 수 있었
기에, 비관련 업계도 오늘 재판에 주목했다.

어쩌면 오늘 이후로 가맹사업법이 대대적으로 개정될지도
모른다.

"아이고. 박 팀장님. 어제 한숨도 못 주무셨어요?"

"후우— 내가 잔지 안 잔지도 모르겠습니다. 5년 동안 시달
렸던 게 다 꿈에 나타나서 가위까지 눌렸습니다. 이 팀장님
은 잘 잤어요?"

"저야 맡은 지 얼마나 됐다고요."

법원에서 만난 박윤수 팀장은 다크서클이 턱까지 내려와

있었다.

비단 그뿐 아니라 심사관 쪽 사람들 모두 잠을 설친 모양.

지난 5년간의 수사가 드디어 재판대에 오르니 잠을 잘 자는 게 더 이상한 일이다.

"한 사람이라도 잘 잤다니 다행이군요. 이 팀장님. 재판은 처음이시죠?"

"예? 아, 예."

"따로 걱정할 건 없습니다. 어차피 고발 부처는 저희 심사과라 저만 검사석에 앉을 겁니다. 다만 저희 증거 같은 경우에는……."

처음은 무슨.

한명그룹 김성균으로 살 때 끌려와 본 게 몇 번인데.

하청들 쥐어짜다 끌려온 건 손으로 셀 수도 없다.

부회장의 사내 횡령금을 대신 뒤집어쓴 적도 있다. 비록 집행유예로 끝나긴 했지만 그때 구속 수사된 덕에 구치소 짬밥도 세 달간이나 먹어 봤다.

박 팀장은 긴장한 기색을 감추려는 듯 재판 절차에 대해 세세히 설명했다.

준철도 대개 다 아는 내용이었지만 입을 꾹 다물었다. 지금 그에게 필요한 건 귀동냥 아닌가?

"그럼 저희 팀은 증거 부분만 신경 쓰면 되나요?"

"네. 나머진 제가 알아서 하겠습니다."

그리 말할 때, 심사관 쪽 한 사내가 다급히 달려와 말했다.

"박 팀장님. 문제가 하나 생겼습니다."

"문제?"

"예. 대리점 증인들이 아직 출석하지 않았다고……."

"뭐? 재판 겨우 한 시간 남았어. 아직까지 안 오면 어떡해?"

"그게 저…… 점장들끼리 따로 상의할 문제가 있다고 하네요. 연락해 보니 반드시 정시에 출석하겠다곤 했습니다."

평정심을 유지하던 박 팀장 얼굴이 대번에 무너졌다.

설마 공정위가 이렇게까지 해 줬는데 재판 당일에 불출석하겠다는 건가?

준철도 덩달아 얼굴이 굳어졌지만 먼저 박 팀장에게 말했다.

"박 팀장님, 걱정 마세요. 저희가 녹음한 증거 테이프도 있는데 안 나타날 리 없잖아요."

"하아…… 그 사람들 진짜 이럼 안 되는데."

"정시에 출석한다니 곧 오실 겁니다. 재판만 생각하세요."

애써 침착한 말투로 말했지만 준철도 속이 편하지 않았다.

이들이 정말 재판에 불출석한다면 모든 증거가 무효화된다.

혹시 재판 앞두고 본사에서 대리점들을 협박했나? 넘어가지 말라고 신신당부했는데, 결국 무너지고 만 건가?

공정거래
위원회

머릿속엔 온갖 생각이 다 들었다.

🌀

"판사님 입장하십니다. 모두 기립해 주십쇼."

학수고대하던 재판은 결국 증인 대기석에 아무도 출석하지 않은 채 열렸다.

시계만 뚫어져라 보던 박 팀장은 무너진 얼굴을 감출 수 없었다. 정시에 출석하기로 한 그들이 나타나지 않았기 때문이다.

반대로 같은 빈자리를 보며 안도하는 이도 있었다.

한경모비스 변호팀과 부사장은 증인 출석 없이 재판이 시작되자 자기들끼리 귓속말을 나누기 시작했다.

뭔 말을 지껄이고 있을지는 안 들어도 알 것 같다.

"김 반장님. 진짜 연락 안 돼요?"

"예. 전화기가 꺼져 있습니다."

"단 한 사람도요?"

"예……."

젠장, 최악이다. 적극적으로 피해를 호소해야 할 당사자가 나타나지 않다니.

방청석도 증인 없이 재판이 시작되니 술렁거리기 시작했다.

그러는 사이 검사의 공소 제기 설명이 끝났고, 한경 변호 팀이 판사 앞에 나섰다.

"존경하는 판사님. 검찰이 제기한 공소 내용은 대개 다 과장되거나 근거 없는 추측들일 뿐입니다. 저는 오늘 이 자리에서 공정위의 규제가 기업들에게 어떤 악영향을 끼치는지 소상히 말씀드리고자 합니다."

대리점들이 출석하지 않으니 자신감이 붙었나 보다.

변호사는 노골적으로 공정위를 비난하며 포문을 열었다.

"먼저 본사에서 목표 매출을 정해 줬다는 부분입니다. 피고인 한지호 씨를 증인으로 신청합니다."

그리 말하자 수형복을 입고 있던 한지호 부사장이 증인석에 앉았다.

"피고인. 본인은 한경 그룹 부사장으로 전국 대리점 매출을 관리해 왔습니다. 맞습니까?"

"예, 맞습니다. 제가 총책임자입니다."

"공정위에선 이 책임자가 각 대리점에 과잉 매출 목표를 설정했다고 하는데요. 맞습니까?"

"아니요. 공정위의 억측입니다. 저희 한경모비스는 각 대리점과 협의해 다음 년 목표 매출을 정합니다. 물론 이 과정에서 저희의 의욕이 조금 과했다는 것은 인정합니다. 하지만 이는 어디까지나 원론적인 얘기죠. 100만 원의 매출을 내고 싶으면 목표치는 120으로 잡는 게 영업의 당연한 상식입니다."

변호사는 판사에게 서류를 내밀며 부사장에게 다시 물었다.

"피고인. 하지만 본사의 잘못에 대해선 부분적으로 인정하신다고요?"

"그렇습니다. 그래서 저희 또한 공정위에 동의의결안을 제시했습니다."

"그 내용은 지금 제가 판사님께 제출한 내용과 같습니까?"

"그렇습니다. 추후 대리점들이 목표 매출을 정하고 저희가 이를 수락하는 방식으로 바꾸려 했습니다. 그리고 상생기금을 마련해 간접적으로 피해를 입은 대리점들에게 보상도 충분히 하려 했습니다."

"결과적으로 그 의결안을 거부한 건 어디였습니까?"

"공정위였습니다."

증인 진술이 끝나자 판사가 고개를 돌렸다.

"검사 측. 반론 있습니까?"

이에 박 팀장이 일어났다.

"동의의결안을 거부했다 말씀하시니 먼저 그 부분을 짚고 넘어가겠습니다. 피고인. 이게 진정성 있는 동의의결안이라고요?"

"예."

"관련자 문책도 안 하고, 피해 보상도 없는 의결안이 어떻게 진정성 있는지요?"

"저희의 의욕이 과하긴 했지만 잘못에 비하면 충분한 처벌입니다."

"네. 딱 그 정도입니다. 이 잘못의 심각성을 인지 못 하니 겨우 이 정도 수위의 동의의결안이 나온 겁니다."

박 팀장은 판사에게 서류를 내밀었다.

"판사님. 이건 저희가 대리점들에게 돌린 익명투표입니다. 본사가 정한 목표 매출이 '자율적'이지 않았다, 강매를 당했다에 응답한 비율이 70%입니다."

판사가 서류를 넘기자 박 팀장이 더욱 공격적으로 말했다.

"또한 한경모비스는 단순히 과도하게 매출 목표만 설정한 게 아닙니다. 과도한 매출에 맞춰 대리점으로부터 물품을 구입하게 만들었습니다. 강매죠."

"이의 있습니다, 판사님! 강매라는 건 공정위의 일방적 주장입니다."

"만약 강매가 아니라면 안 팔린 물건은 전부 반품해 줬습니까? 목표치만 과도하게 설정한 거면 당연히 안 팔렸을 때 반품도 해 줘야 하는 거 아닙니까?"

"예. 해 줬습니다."

"뭐요? 해 줬다고요?"

수세에 몰리자 부사장이 갑자기 의외의 대답을 했다.

"예. 해 줬습니다."

"아니 지금……."

공정거래
위원회

"안 해 줬다고 말하는 피해 대리점이 있습니까?"

드디어 나왔다. 피해자의 직접 증언이 필요한 순간이.

말문이 막힌 박 팀장에게 한지호가 다시 말을 이었다.

"그리고 자꾸 효력 없는 익명투표만 말씀하시는데, 저희의 목표 매출은 자율적 계약이었습니다. 이를 강제적 계약이었다고 말하는 대리점이 있습니까?"

"지금 우리가 드린 익명투표……."

"그 효력도 없는 익명투표 말고요. 직접적으로 피해를 호소한 사람이 있습니까?"

"……."

"법적인 책임을 묻고 싶으면 피해자, 가해자, 피해 내용 이세 가지가 명확해야 하는 거 아닙니까?"

피해자가 나타나지 않으면 익명투표는 무용지물이다.

"판사님. 이건 월권(권력 남용)입니다. 기초적인 자료도 확보하지 않고 공정위가 기업인들을 구속시켰습니다. 지금 피고석에 앉아 있어야 할 건 제가 아니라 공정위입니다!"

하지만 부사장이 그리 말할 때 돌연 방청석 뒤에서 문이 열렸다.

문을 열고 들어선 이들은 익숙한 얼굴들이었고, 다 죽어가던 박 팀장 얼굴에 화색이 돌았다.

"누구?"

"죄송합니다, 판사님. 오늘 재판에 증인 신청을 한 대리점

점주들입니다."

예기치 못한 상황에 변호사가 펄쩍 뛰었다.

"판사님. 법정에 무단 지각하면 증인으로서의 자격이 상실됩니다!"

이에 판사가 그들을 바라보며 물었다.

"왜 재판에 늦었습니까? 무단 지각은 내 재량으로 증인을 거부할 수도 있어요."

"저희 서울 대리점뿐 아니라 지방 대리점들까지 오게 하느라 늦었습니다. 또한 저희끼리 마지막으로 정리할 얘기가 있었습니다."

"그 정리한 얘기가 재판에 지각할 만한 사유가 됩니까?"

"예. 재판이 시작되기 전 저희가 본사로부터 협박 전화를 받았습니다."

폭탄선언과 함께 방청석이 크게 웅성거렸다.

"협박?"

"네. 오늘 이 자리에 출석하지 마라, 증언 철회하라 하는 내용이었습니다. 안 그러면 대리점 계약을 취소하겠다는군요. 솔직히 저희도 처음엔 겁먹었습니다. 하지만 논의 끝에 결국 용기를 내기로 했습니다. 결례를 용서해 주십쇼."

협박이란 말까지 등장하자 변호팀은 거의 거품을 물었다.

"판사님. 재판에 지각하는 건 법정에 대한 모독입니다. 저 협박이라 말하는 것도 아직 사실 확인이 되지 않았습니다.

조작했을 가능성도 있습니다."

"조작하지 않았습니다. 저희도 재판 일주일 남기고 본사에서 협박을 해 올지 꿈에도 몰랐습니다."

"증인! 법정에서 하는 말엔 책임이 따릅니다. 방금 하신 말법적으로 책임질 자신 있습니까?"

"협박 전화는 여기 있는 모든 사장들이 받았습니다. 저희야말로 묻고 싶군요. 책임질 자신 있습니까?"

변호사가 말을 잇지 못하자, 방청석 시선이 모두 판사에게 모였다.

"……증인 출석 인정합니다. 지금 대리점이 주장하는 협박 전화 또한 들어 보도록 하겠습니다. 검사 측 심문 계속하세요."

질 끝판왕 사망

한명그룹
김성균 본부장

공수교대

대리점들이 증인 선서를 마치자 재판장 분위기가 180도 달라졌다.

지금까지 득의양양했던 부사장은 이들의 눈도 마주치지 못했다.

평소엔 눈도 못 맞추던 이들이, 지금은 자신을 빤히 노려보고 있었기 때문이다.

"판사님. 증인 신청을 한 대리점은 10명이었습니다. 나머지 점주들은 증인 신청을 하지 않았으니, 10명만 증인석에 서야 합니다."

"증인. 이 사람들 모두 한경모비스 점주들 맞습니까?"

"예. 혹시 몰라 사업자 등록증까지 가져왔습니다. 모두 대리점, 가맹점 사장들입니다."

"변호인 측 이의 제기 기각합니다. 모두 증언대 서세요."

변호사의 마지막 발악도 먹혀들지 않았다.

검사는 박 팀장과 귓속말을 나누었고, 곧 박 팀장이 먼저 일어났다.

"증인, 먼저 묻겠습니다. 현재 한경모비스 측은 목표 매출이 자율적이었다 말합니다. 사실입니까?"

"전혀 아닙니다. 저희는 그 의사결정에 단 한 번도 참여한 적 없습니다."

"그럼 목표 매출은 보통 어떻게 이뤄졌습니까?"

"본사에서 일방적으로 통보하는 식이었죠. 작년 매출에서 항상 30% 이상이 더 부과됐습니다. 10억의 매출을 올렸으면 내년엔 13억 하는 식으로요."

박 팀장이 시선을 돌려 변호인 측을 바라봤다.

하지만 이의 제기는 나오지 않았다.

"그럼 본사가 일방적으로 통보한 목표 매출 때문에 어떤 피해를 입었습니까?"

"본사가 과하게 목표 매출을 정하면 항상 강매에 시달렸습니다. 10억짜리 매출 대리점이 다음 년엔 13억어치 물건을 사야 하는 겁니다."

"만약 그 물건을 다 못 팔았다면요?"

"반품도 안 시켜 줬습니다. 저희가 알아서 내년에 팔거나,

아니면 울며 겨자 먹기로 세일 행사를 진행할 수밖에 없습니다."

그걸 신호로 곳곳에서 울분이 터져 나왔다.

"세일 행사를 해도 본사에선 일절의 지원이 없었습니다! 네들이 할당량 못 채웠으니 네들이 책임지라는 태도였어요."

"밀어넣기만 당한 게 아닙니다! 잘 팔리는 제품 받으려면, 안 팔리는 거까지 끼워 팔기 당했습니다."

"본사에서 신상품 출시하면 그야말로 지옥이었습니다. 이것도 각 대리점마다 할당량 정해서 무조건 팔게 했어요."

증언이 차고 넘쳐 오히려 검사가 자제를 요청할 정도였다.

박 팀장은 다시 변호사를 바라봤지만 이번에도 이의 제기는 나오지 않았다.

"피고인. 이런데도 목표 매출이 자율적이었다는 겁니까? 반박할 말씀 있으면 하십쇼."

박 팀장이 그리 묻자 부사장이 굳은 얼굴로 말했다.

"말씀드렸듯 저희 본사가 의욕이 과했다는 건 인정합니다."

"이게 단순히 의욕이 과했다고요? 억지로 매출을 늘려 물건을 강매했잖습니까."

"……그건 소수 대리점들 의견일 뿐이죠. 한경모비스는 목표 매출을 달성한 대리점들에게 가맹비 면제, 인센티브 등 다양한 지원 정책을 해 왔습니다."

"판사님. 저건 거짓말입니다! 저희 상계점은 6년 전에 우수대리점으로 선정되었는데, 본사 지원금은 고작 몇십만 원이 전부였습니다."

"저희 영동점도 우수대리점이었습니다! 근데 목표 매출을 채우면, 다음 년엔 목표 매출이 더 늘어났어요."

부사장이 시답잖은 변명을 해 대자 대리점들이 일제히 발끈했다.

재판장은 순식간에 아수라장이 되었고, 판사가 의사봉을 들기 전까지 진흙탕 싸움이 계속됐다.

"모두 정숙! 판단은 객관적인 증거에 입각해 내리겠습니다. 양측 증거 제시하세요."

"판사님. 저희 먼저 하겠습니다. 이게 저희 공정위가 파악한 대리점들 재고 현황입니다."

박 팀장이 제시한 재고 현황은 정말 기관이었다.

보통 창고에서 3년 이상 썩히면 '악성재고'로 분류되는데, 대리점 중엔 이 악성재고가 없는 곳이 없었다.

"이건 본사에서 반품 처리를 안 해 주니 악성재고로 쌓인 겁니다. 대리점 입장에선 돈줄이 막힐 수밖에 없죠. 그럼 결국 할 수 있는 게 할인 행사밖에 없습니다."

"……"

"단순히 의욕 때문에 목표 매출을 과하게 설정한 거면 왜 반품은 안 시켜 줍니까?"

"······판사님. 대리점 영업하다 보면 본사에 반감을 가지는 대리점 또한 나오기 마련입니다. 한경모비스의 대리점은 1,200여 개인데, 증인은 고작 20명 남짓입니다. 대표성이 있다고 볼 순 없습니다."

박 팀장은 그 모습을 한심하게 쳐다보다 말을 이었다.

"이 증거들에 대한 반박은 못 하고 겨우 대표성 가지고 시비입니까? 그럼 지금부턴 왜 다른 대리점들이 쉬이 참석할 수 없었는지 말씀드리겠습니다."

박 팀장은 그리 말하며 증인들에게 말했다.

"증인, 저희가 진행한 저번 조사에서 본사에게 협박을 당했다고요?"

"예. 그렇습니다."

"어떤 내용이었습니까?"

"공정위 수사에 협조하면 가맹을 끊겠다, 불이익을 주겠다 하는 등의 협박이었습니다."

"그걸 누가 지시했나요?"

"전화는 본사 부장이 돌렸지만, 그 배후는 한지호 부사장인 걸로 알고 있습니다."

그러자 변호사가 일어났다.

"증인. 법정에서 허위 사실을 말하면 위증입니다. 본사가 가맹 거래를 끊겠다 말했다고요?"

"당연히 직접 말하진 않았죠. 근데 가맹 끊겠다는 말을 꼭 직접적으로 해야 알아듣습니까? 대충 돌려 말해도 다 협박인지는 알아요."

그리 말하자 박 팀장이 다시 말했다.

"근데 최근 재판 앞두고선 본사의 직접적인 협박도 있었다고요?"

"예. 그렇습니다. 그건 증거도 있습니다."

"어떤 내용이었습니까?"

"재판에 출석하지 마라, 공정위에 했던 진술 철회하란 내용이었습니다. 근데 그건 협박보단 회유에 가까웠습니다."

"회유요?"

"예. 이번 수사만 잘 넘기면 앞으론 강매하지 않겠다, 가맹 지원비 주겠다고 회유하더군요. 근데 결국 마지막엔 자기들 안 도우면 반드시 보복하겠단 뉘앙스를 풍기더군요."

"그걸 지금 이 자리에서 들어 볼 수 있습니까?"

"판사님! 저건 증거 신청 안 된 자료들입니다. 아직 진실이라고 판단할 수 없어요."

재판 시작 전엔 증거도 미리 제출해 검증을 받아야 한다.

유리한 재판을 위해 증거를 조작했을 가능성도 있기 때문.

하지만 판사는 고개를 저으며 이를 일축했다.

"들어는 보겠습니다. 하지만 증인. 변호 측 주장대로 만약 이 증거가 왜곡된 것이라 하면, 그 책임이 무거울 겁니다."

"일말의 왜곡도, 조작도 없습니다. 통화 녹음본은 총 20

여 개로 여기 있는 사장들이 전부 직접 녹음한 통화 내역입니다."

결국 증거 제출이 인정되었고, 법정에선 익숙한 목소리가 흘러나왔다.

—장 사장. 이번 일만 잘 마무리되면 우리도 성의를 보일게.

—홍 사장. 한 번만 도와줘. 공정위가 유도신문을 해서 대리점들이 넘어간 거다. 그렇게만 말해 줘.

—아니, 내 말은 그냥 재판에만 출석하지 말아 달란 거야. 그것만 도와주면 우리 지금까지 대리점들한테 입힌 피해 자체적으로 다 보상하겠다고.

—후우…… 좋아. 정 뜻이 그렇다면. 하지만 한 가지만 분명히 알아둬. 공정위는 이번 일만 끝나면 당신들 쳐다보지도 않을 거야. 대리점들이 평생 얼굴 보고 살 사람이 누구야? 우리 잘못 인정할 테니, 서로 마지막 선만 넘지 말자. 내가 이렇게 부탁할게.

협박 전화를 돌린 주인공은 김원석 사장의 목소리였다.

회유가 아니라 빼도 박도 못할 협박이다. 공정위 없으면 앞으로 무슨 짓이든 할 수 있다 말한 게 아닌가?

장시간에 걸쳐 그의 목소리가 법정에 울려 퍼졌다.

변호사의 굳은 얼굴은 이미 재판 결과가 나온 것이나 다름없었다.

⟳

"죄송합니다. 저희가 늦게 나타나는 바람에."

"별말씀을요. 본사 협박에 넘어가지 않아 주셔서 저희야말로 감사합니다."

재판이 끝나고 난 뒤에 준철은 바로 대리점 사장들에게 향했다.

5년 동안 끌어 오던 사건이 끝났으니 이들도 뒤숭숭한 기분을 감출 수 없었다.

더러는 추후 있을 본사의 보복에 대해 걱정을 떨쳐 낼 수 없는 모양이다.

하지만 걱정하는 얼굴들 속에서도 감출 수 없는 표정이 있다. 바로 후련함이다.

"팀장님. 근데 저쪽에선 저희 대표성을 문제 삼는데, 이게 문제 될 수 있습니까?"

"솔직히 대리점이 1,200개가 넘는데, 저희 20명 정도만 참석한 게 영 걸리네요."

대리점 사장들이 우려를 표하자 준철이 웃었다.

"꼬투리 잡는 겁니다. 물론 너무 적었으면 정말 문제가 될 수도 있겠지만, 사장님들이 더 많은 분들 모아 주셨잖아요. 고생하셨습니다."

"그렇다면…… 다행이군요."

"하고 싶은 말은 완전히 다 하셨습니까?"

"못 한 말이 더 많지만 이 정도면 만족합니다."

최 사장은 눈치를 살피다 말했다.

"솔직히 저희도 정말 나오고 싶지 않았습니다."

"협박 전화 때문에요?"

"네. 그런데 그게 오히려 그쪽한테 독이 됐습니다."

"독?"

"법원에 출석하면 보복하겠다 하는데 별생각이 다 들더군요. 도망치고 싶었죠. 근데 이렇게 법도 두려워하지 않는 놈들이 나중엔 우리한테 어떻게 굴까 하는 생각이 들더군요."

사정을 들어 보니, 대리점 사장들끼리도 의견이 갈렸다고 한다.

하지만 마지막 협박 전화로 이들이 오히려 똘똘 뭉쳤다.

참 아이러니한 일이다. 한경 그룹 스스로 방아쇠를 당긴 꼴이니.

"근데 저 팀장님. 한 가지 걱정이 있는데요."

준철이 고개를 끄덕이자 최 사장이 조심히 말해왔다.

"지금은 의기투합해서 뭉쳤지만, 아시다시피 저희 결속력이 약합니다."

"네."

"지난번에 말씀하신 대로 일찍……."

"걱정 마십쇼. 오늘 재판 보니 2차 공판까지 가지도 않을 것 같습니다. 변호사 표정 보니, 이미 끝난 게임이에요."

"그럼 저쪽에서 백기 들까요?"

"네. 무슨 일이 있어도 판결 떨어지기 전에 합의하려 할 겁니다. 만약 판결 나와 버리면 저기 감당 못 해요."

재판을 끝까지 강행하면 과징금에 더한 처벌도 가능하다. 하지만 그 기간 내내 본사와 대리점이 얼굴 붉힐 순 없다.

어쨌든 이들에겐 생업이 걸린 일 아닌가?

빨리 끝내겠단 준철의 말에 그도 마지막 남은 우려를 덜 수 있었다.

"감사합니다."

"네."

"근데 저 팀장님. 본사와 협상할 때 저희 부탁이 하나 있는데요……."

"말씀하세요."

"현재 대리점들의 악성재고가 심각합니다. 얼추 추산한 것만 해도 40억 가까이 됩니다. 피해 보상까진 바라지도 않으니 본사에 이 재고들 반품 처리라도……."

준철은 싱긋 웃으며 말했다.

"걱정하지 마세요. 저쪽에서 갑질 인정하면 자연히 다 처리될 겁니다. 혹시 모르니 저도 말해 놓겠습니다."

자신 있게 말하면서도 한편으론 씁쓸했다.

안 팔린 물건 반품 처리하는 이 당연한 걸, 법정 싸움까지 해야 하다니.

❧

"한경 그룹 김원석 사장입니다. 드릴 말씀이 있어 찾아뵀습니다."

준철의 예상대로, 얼마 뒤 김 사장이 공정위를 찾아왔다.

1차 재판 내용은 뉴스에 적나라하게 보도됐고, 한경 그룹의 협박 전화까지 공개되며 여론은 악화일로였다.

초췌한 그의 얼굴이 모든 걸 말해 주었다. 그쪽 변호팀도 이미 재판을 포기했다는 걸.

"재판과 관련한 얘기요?"

박윤수 팀장이 까칠하게 묻자 그가 고개를 끄덕였다.

"그렇습니다."

"그럼 법원에서 볼 것이지 뭐하러 찾아왔습니까? 우리 수사할 땐 만나 주지도 않더니."

"결례를 용서하십쇼. 오늘 저희는 정말 진정성 있는 제안을 드리려 찾아뵀습니다."

상황이 얼마나 불리한지는 잘 아는 모양이다.

박 팀장은 슬며시 준철을 봤고, 준철은 고개를 끄덕였다.

"말씀하세요."

"바쁘실 테니 긴 말씀 안 드리겠습니다. 그간 대리점에 갑질해 온 저희 모든 만행을 인정하겠습니다."

그는 가방에서 두꺼운 서류를 꺼내었다.

"일전에 말씀하신 관련자 처벌 내용입니다. 현재 구속된 부사장 외 임원 5명을 해임하고, 당시 실무진이었던 부장들을 정직에 처하겠습니다."

"이미 재판 다 시작됐는데, 이제 와 문책하겠다는 겁니까?"

"죄송합니다. 그리고 앞으로는 대리점에 목표 매출을 통보하지 않겠습니다. 당연히 강제 매매도 하지 않을 것이고요. 각 대리점들의 피해 규모를 추산하고 이를 배상하겠습니다."

관련자 처벌, 강제 매매 금지, 피해 보상.

공정위가 원하는 처벌 내용이 다 나왔다. 한마디로 백기투항한 셈.

하지만 박 팀장 얼굴은 조금도 펴지지 않았다.

"또요?"

"예?"

"그게 끝입니까? 잘못을 인정한 대가로 저희한테 바라는 것도 당연히 있을 거 아니요?"

"⋯⋯대신에 임원들 형사처벌만은 하지 말아 주십쇼."

"그건 안 되겠는데요. 재판에 출석하지 말아라, 가맹 끊겠다 별의별 협박을 해 대지 않았습니까? 공개된 증거가 이 정도면 노민기 회장도 입건 처리할 수 있어요."

"재판에 출석하지 말라 협박한 건 부사장이 아니라 접니다. 그럼 저를 구속해 주십쇼."

그가 그리 말하자 박 팀장의 말문이 막혔다.

항상 여기 끌려오는 놈들은 똑같았다.

나는 아니다, 위에서 시켰다, 아랫놈이 나 몰래 했다. 그렇게 남 탓하기 바쁜데 이 사내는 참 이례적이다. 자기 잘못인 걸 인정해 버리다니.

"물론 저 또한 이 해고 명단에 포함되어 있습니다. 모든 죄는 달게 받겠습니다."

말문이 막힌 박 팀장을 대신해 준철이 물었다.

"그 협박 전화는 본인 의지로 돌린 겁니까, 아님 사장님보다 더 위에서 시킨 겁니까?"

"위라면 누구……?"

"노민기 회장이요."

"회장님은 절대 아닙니다. 모두 다 제 머릿속에서 나온 생각입니다."

그가 처음으로 거짓말을 한다.

불명의 대화로 회장이 어떤 사람인지, 사장이 어떤 사람인지 다 알고 있는데.

준철은 씁쓸한 웃음을 지었다.

"이상하네요. 사장님은 반성해서 자수하는 게 아니라, 꼭 회장님을 보호하기 위해 자수하는 걸로 보여요."

"아, 아닙니다. 그건 절대 아닙니다."

나오는 말과 달리 이미 그의 얼굴은 그렇다라고 대답하고 있다.

"그럼 이 제안, 어느 선까지 합의된 거예요?"

"……."

"어차피 이 사건 노민기 회장한테 씌울 생각 없습니다. 임원 해고하고 피해 보상하는 내용, 이거 회장도 동의한 내용입니까?"

"예. 회장님께서 직접 지시한 내용입니다."

준철은 추궁을 그쯤 하고 다시 서류에 집중했다.

누구의 잘못인지 밝혀내는 것보다 중요한 건, 대리점들의 업무 정상화다.

긴 시간 서류를 읽던 준철은 다시 그를 바라봤다.

"좋습니다. 한데 몇 가지 좀 부족한 게 있는 것 같네요."

"말씀하십쇼."

"첫째. 지금 대리점들이 가지고 있는 재고 모두 반품해 주세요."

"……재고요?"

"지금 한경 그룹에서 강매한 거 인정하셨잖아요. 그럼 강제로 팔았던 거 다시 회수해야죠?"

"……."

"대리점들이 얼추 추산한 금액만 40억대였습니다. 피해 보상과 별개로 이것도 반품시켜 주세요."

40억은 시작이지 끝이 아니다.

선례를 남기면 아마 지금껏 가만히 있던 대리점들까지 모두 반품을 요구할 것이다.

그 액수는 감히 상상도 되지 않았지만, 김 사장은 수긍할 수밖에 없었다.

협박 전화가 공개되고 불매운동까지 펼쳐지는 시점에 그깟 반품쯤이야.

"알겠습니다. 모두 회수하고 돌려놓겠습니다."

"그리고 둘째. 대리점들 단체 구성 인정해 주세요."

하지만 두 번째 안을 듣자 그의 동공이 크게 흔들렸다.

"단체 구성요?"

"예. 뭐 자세히 말 안 해도 아시죠? 대리점들이 본사와 가격 협상할 때 단체 행동 할 수 있다는 거. 한마디로 대리점 노조 인정해 달라는 겁니다."

"팀장님. 다른 건 몰라도 단체 구성안은……."

"이거 안 하시면 나중에 또 뒤에서 협박하실 거잖아요."

"아닙니다. 정말 안 그럴 겁니다."

"협박 전화로 본인이 직접 하신 말인데, 이제 와 안 하시겠다?"

"……."

"긴말할 거 없습니다. 저희가 이 사건 편안하게 손 떼게 대리점들 단체 구성 인정하세요. 만약 응하지 않으면, 아직도 뒤에서 보복할 마음이 있는 걸로 간주하겠습니다."

대리점 단체를 인정하면 보복은 물론, 단가 후려치기도 못하고, 가맹권 가지고 협박도 못 한다.

본사—대리점 이 수직적 관계가 수평적으로 변하는 것이다.

하지만 재판을 강행하는 건 더 최악이다.

대한민국 최고의 법률팀이 백방으로 나섰지만 부정적인 전망 일색 아니었나?

"대신 저희도 하나 양보할게요. 법정에서 구형한 과징금 내역 철회하겠습니다."

긴 시간 고민하던 그가 마침내 고개를 끄덕였다.

"……알겠습니다. 대리점 단체 구성도 인정하겠습니다."

"이건 꽤 예민한 문젠데, 회장님 의사 안 물어봐도 되나요?"

"설득은 제가 해야죠. 그 부분은 제가 책임지고 회장님 설득하겠습니다."

결연히 말하는 김 사장에게서 애증의 감정이 차올랐다.

자기 잘못도 아니면서 회장 대신 벌을 받고, 그 회장을 설득까지 해야 하다니.

"좋습니다. 그럼 저희도 형사처벌 고심해 보죠."

공정거래
위원회

"관대한 처분 감사드립니다. 저희도 조속히 이 문제 해결해 경영 정상화에 최선을 다하겠습니다."

그가 인사하고 나가자 박 팀장이 슬쩍 우려를 표했다.

"한경 그룹에서 대리점들 단체 구성 인정할까요?"

"안 할 수가 없을 겁니다. 임원들 해고시킨 거 보면 저기도 지금 불 끄느라 정신없어 보여요."

"그건 그래 보이는데…… 정말 협박한 사람들 봐줄 겁니까? 증거 다 공개돼서 형사처벌은 무조건 시킬 수 있어요."

"그거 하나 시키려면 저쪽도 재판 끝까지 밀어붙일걸요."

장기전 가면 이겨도 이긴 게 아니다.

지금은 대리점만 생각해야 한다.

"대리점도 관련자 처벌해 달란 요구는 별로 없었습니다. 한경 그룹 관행 바꾸고 하루빨리 업무 정상화하고 싶지."

"어휴— 어떻게 잡은 증건데……."

"부사장 쪽 임원들 줄사퇴시킨 것만으로도 크게 이긴 거예요. 그리고 저쪽에서 만에 하나 3심까지 끌면 저희도 증인들 이탈할 수 있으니 불리합니다."

한 사건을 5년 동안 끌었으니, 당연히 분한 마음이 더 클 것이다.

박 팀장이 그래도 마뜩지 않아 하자 준철이 생긋 웃었다.

"대리점 하나만 생각하자고요. 여기서 합의하는 게 모두가 이기는 겁니다."

"국민 여러분. 저는 오늘 무거운 마음으로 이 자리에 섰습니다."

한경 그룹은 얼마 지나지 않아 기자회견을 가졌다.

"발표하기에 앞서 저희 한경 그룹 임원들은 최근 추락한 주가에 큰 책임을 통감합니다. 저희들의 무리한 경영 방식으로 대리점과 주주 여러분들에게 큰 피해를 입혔습니다."

김 사장은 허리까지 고개를 숙인 후 다시 단상에 섰다.

"먼저 기소 내용을 말씀드리고자 합니다. 저희 한경모비스는 각 대리점에게 과한 목표 매출을 정했고, 이에 맞춰 물품을 강매해 왔습니다. 이는 공정거래법 거래상 지위 남용에 해당하는 명백한 갑질입니다."

기업이 스스로 갑질을 인정하자 기자석이 크게 웅성거렸다.

"하여 저희는 현재 대리점들이 가지고 있는 악성재고를 파악하고, 모두 반품 처리하기로 했습니다. 지금까지 대리점들이 입었던 피해를 조사하여 그에 맞는 손해를 배상하기로 하였습니다."

그는 손해배상이란 말을 힘주어 말하며 다음 장으로 원고를 넘겼다.

"당연히 이에 따른 책임도 져야 할 것입니다. 현재 저희는 구속된 관련자들을 모두 문책하여 해고 처리하였습니다. 회사 내부에 윤리위를 두어 갑질 문제가 재발할 수 없도록 직원 교육을 실시하겠습니다. 끝으로 이 사건과 관련, 보복 우려가 많이 제기되었습니다. 하여 저희는 여러 필요성에 따라, 대리점들의 단체 구성을 승인하기로 했습니다."

그리 말하자 수많은 플래시 세례가 터졌다.

한국에서 노조 설립은 당연하게 진행되고 있지만, 지금껏 대리점들의 단체 구성을 공식적으로 인정한 곳은 없었다.

'세기의 대결'이란 이름답게 정말 판례를 만든 사례다.

김 사장의 발표가 끝나자 질문이 우후죽순 쏟아졌다.

"한 말씀만 해 주십쇼! 그럼 대리점 단체는 어떤 권한을 가지는 겁니까?"

"법으로 보장한 내용 그대로입니다. 가격 협상권, 이의 제기권 등 부당한 행위에 대해 대리점이 단체 행동을 할 수 있습니다."

"단체를 구성해도 보복할 방법이 아주 없는 건 아니잖아요?"

"이 자리에서 확실히 말씀드리겠습니다. 이 일을 가지고 대리점에 불이익을 주는 행위는 절대 없을 겁니다. 또한 대리점들이 단체 구성을 하면 저희의 보복에 공동 대응할 수도 있습니다. 저희가 단체 구성을 인정했다는 건 보복을 하지 않겠단 의미이기도 합니다."

"그럼 2차 공판은 안 여는 겁니까?"

"예. 공정위와 모든 내용을 합의했고, 대리점들의 양해도 구했습니다. 상호 협의 간에 재판은 합의되었습니다."

"그렇다면 현재 구속된 관련 임원들은 어떻게 되는 겁니까? 이들도 처벌받습니까?"

막힘없이 대답하던 김 사장도 그 질문엔 잠시 침묵했다.

"그 내용은 제가 결정할 수 있는 문제가 아닙니다. 당국의 결정을 기다리고 있습니다."

김 사장이 서둘러 퇴장하자 기자들이 더욱 아우성쳤다.

"아니, 그래서 처벌한다는 거야 만다는 거야?"

"2차 공판 앞두고 합의한 거면 처벌 안 하겠다는 거 같은데?"

"대리점 단체는 왜 인정하겠다는 거지? 공정위가 하나 내주고 하나 받아 낸 거 아니야?"

본사가 대리점들의 단체 구성을 공식적으로 인정한 첫 사례다.

묻고 싶은 것도 많고, 들어야 할 얘기도 많다.

그렇게 애만 태우고 있을 때, 기자 한 명이 중앙홀 문을 벌컥 열고 다급하게 말했다.

"선배. 지금 공정위가 소 취하하려고 법원으로 갔답니다. 메이저 신문사들은 이미 다 그쪽으로 붙었어요!"

질 끝판왕 사망

한명그룹
김성균 본부

연수원 동기? (1)

법원 앞에는 이미 벌떼처럼 모인 기자들로 발 디딜 틈이 없었다.

대기업이 대리점 단체를 인정한 첫 사례니 듣고 싶은 말이 많을 것이다.

형사처벌 같은 대답하기 곤란한 질문도 피할 수 없다.

"이런. 저기 뚫고 가려면 한 10년 걸리겠는데요."

"팀을 나누죠. 기자들 상대는 저희가 하겠습니다."

"혼자서 괜찮으시겠어요?"

"별수 있나요. 소 취하는 고발 부처가 해야 하는데."

기소를 한 게 조사관이니, 취하도 조사관이 해야 한다.

뾰족한 수가 없었기에 박 팀장이 시선을 돌렸다.

"그럼 종합감시국이 먼저 가고, 우린 어수선해질 때쯤 돌아갑시다."

팀을 나누고 준철팀이 법원에 들어서니 기자들이 득달같이 들러붙었다.

"현재 한경 그룹이 합의안을 발표했습니다."

"이 내용 모두 공정위와 합의된 내용입니까?"

준철은 목소리를 가다듬고 말했다.

"예. 한경모비스 사건은 양측이 최종 합의 내렸습니다."

"그럼 남은 재판은요?"

"검찰에 오늘 고발 취하할 예정이고, 더는 재판으로 다루지 않을 겁니다."

공정위에는 전속고발권이 있어서 취하하면 검사도 기소를 못 한다.

즉 준철의 말이 사건 종결임을 선언한 것이다.

"그럼 대리점 단체 구성안은요? 한경모비스는 앞으로 대리점들 단체 구성을 한다 들었습니다."

"예. 그쪽에서 수용한 걸로 압니다."

"단체 구성은 아직 대한민국에 생소한 법안입니다. 구체적으로 어떤 권한이 있습니까?"

"본사와 가격 협상을 할 수도 있고, 부당한 지시에 공동 대응할 수도 있습니다."

"그건 한경모비스가 이 사건으로 보복할 우려가 있기 때문에 보장한 겁니까?"

"그건 아닙니다. 필요성에 따라 양측이 합의해 설립한 걸로 압니다."

두말해 뭐 해. 그거 없으면 대리점들한테 보복 안 하겠나?

그 말이 입 밖까지 차올랐지만 준철은 원론적인 대답만 했다.

이젠 대리점과 본사가 갈등을 봉합하게 도와줘야 한다.

그렇게 모든 질문에 상투적인 대답만 해 댔지만, 피할 수 없는 질문도 있었다.

"그렇다면 추후 형사처벌은요?"

"갑질 문제로 관련자를 구속 수사한 초유의 사건이었습니다."

"합의와 별개로 협박 전화 건은 처벌하는 겁니까?"

잠시 고민하던 준철은 그냥 직설적으로 말했다.

"오늘 취하는 모든 혐의에 대한 취하입니다."

"그럼 형사처벌도요?"

"그렇습니다. 중요한 건 과거가 아니라 재발 방지니까요. 이 부분에 대해선 대리점들의 의견을 적극 고려했습니다. 대리점이 가장 원하는 건 업무 정상화지, 관련자 처벌이 아니었습니다."

"하지만 협박 전화까지 공개된 마당에 관련자를 처벌하지 않으면……."

"모두가 한 발자국씩 양보했습니다. 저희는 그래도 한경모비스가 대리점 단체를 인정한 걸 높게 삽니다. 이런 관행이 확대돼 본사·대리점에 수평적 관계가 정착되길 바랍니다."

취재는 한 시간가량 이어졌지만 기자들 귓속엔 마지막 말만 각인되었다.

'이런 관행이 확대……' 이건 업계에 엄청난 파장을 예고한 거나 다름없다.

[한경모비스, 대리점 단체 인정. 사실상 공정위가 주도]

[공정위, 이런 관행이 더욱 정착되길 희망]

[대리점 갑질의 고질적인 문제, 본사와 수평적 관계로 바뀌나?]

5년을 끌어왔던 사건이 판결이 나기도 전에 끝났다.

언론사들은 선고 앞두고 극적 타결이라 떠들었지만, 사실상 공정위의 완승이라는 걸 모르는 언론사가 없다.

"그걸 또 그렇게 해결했다?"

"예. 기소를 못 쳤던 게 오히려 저희에게 악재였습니다. 처벌할 의지를 보여 줬으면 대리점들도 진즉 돌아섰을 텐데."

오 과장은 현 사태가 참 어이없었다.

경험도 부족하고 나이도 어린 신입 사무관이 어떻게 사건을 고르디우스의 매듭같이 풀어 버렸을까?

"박 팀장. 그러지 말고 솔직히 말해 봐. 기소 강행한 건 자네 아니야?"

"아이고, 전혀 잘못 짚으셨습니다. 전 이 팀장이 기소하자 할 때 펄쩍 뛰면서 반대했어요."

"근데 왜 했어? 경력으로 보나, 짬밥으로 보나 자네가 당할 군번이 아닌데."

"설득을 당한 셈이죠."

"설득?"

"예. 대리점들이 안 나타나는 건, 당국의 처벌 의지가 보이지 않기 때문이다. 이렇게 말하니 당해 낼 재간이 없더군요."

박 팀장 눈엔 아직도 그리 말하던 준철의 모습이 선명했다.

"뭐 그간 당한 거 생각하면 그냥 판결까지 끌어서, 과징금 콱 물려 버리고 싶었는데. 이 팀장이 여기서 마무리하자 해서 그만뒀습니다."

"그럼 중간에 합의하자 한 것도 이 팀장이야?"

"그렇습니다. 우리야 어차피 떠나면 남이고. 결국 본사 얼굴 평생 볼 사람은 대리점들이라더군요."

"허허."

혈기 왕성한 사무관들은 중간에서 끝내는 걸 못 한다. 특히나 지금처럼 대세가 기운 사건이면 더욱더.

재판에서 이길 것 같으니 물러설 이유가 없는 것이다.

하지만 준철은 중간에 그만두었다. 공정위의 실적이 아니라 대리점들의 현실적인 여건을 고려한 것이다.

이건 교과서에서도 가르칠 수 없는 부분인데.

"그리고 대리점 설득할 때, 단체 구성안 말해 준 것도 이 팀장입니다. 저야말로 이 팀장이 한 수사에 숟가락만 올렸죠."

"혹시 자네가 너무 고마워서 립서비스 하는 거 아니야? 이 팀장 고과 잘 주라고?"

"아이고 아닙니다. 이 팀장 나이는 어린데 꼭 기업에서 몇십 년씩 구른 임원 같더군요. 솔직히 이번 사건은 제가 부사수였습니다."

혀를 내두르는 박 팀장을 보고 나서야 오 과장도 인정할 수밖에 없었다.

대성중공업 사건도 그렇고 이번도 그렇고, 아무리 봐도 단순한 신입 사무관은 아니다.

"박 팀장이 아주 자네 칭찬을 많이 해?"

"예?"

"기소 강행한 것도 이 팀장, 대리점들 증언 얻은 것도 이 팀장, 대리점 생각해서 중간에 합의한 것도 이 팀장. 이 팀장, 이 팀장. 아주 용비어천가를 부르고 갔어."

오 과장의 부름에 달려온 준철은 시선을 어디에 둬야 할지 몰랐다.

과장님의 낯 뜨거운 칭찬이 연달아 이어졌기 때문이다.

"비결이 뭐야?"

"박 팀장님이 주도했고, 저희는 협조만 잘⋯⋯."

오 과장이 빤히 쳐다보자 준철의 얼굴이 순식간에 달아올랐다.

"그냥 운이 좋았습니다. 대리점들 증언을 얻어 내서 쉽게 풀렸습니다."

"운이 아니라 깡이 좋던데? 솔직히 내가 이 사건 맡았으면 그 상황에서 기소 못 했을 거야. 피해자도 확보 못 했는데, 어떻게 기소를 해? 직권 남용으로 옷 벗을 일 있어?"

"⋯⋯."

오 과장의 칭찬은 칭찬으로만 들리지 않았다.

"반대로 말하면 정말 위험했다는 거야."

"예⋯⋯."

"자네가 진짜 운으로 믿는다면 다시는 이렇게 하지 마. 만약 못 이겼으면 너 지금 징계위 열렸다. 공무원 옷 벗는 사유 중 최고가 뇌물, 그다음이 직권남용이야. 사람이 항상 운이 좋을 수는 없어."

따끔하게 말했지만 걱정에서 우러나오는 소리다.

"명심하겠습니다."

"알아들었다면 됐고. 운영과에 얘기해 뒀다. 카드 받아가."

"카드요?"

"수사 내내 샌드위치로 때웠다면서? 이렇게 열일해 줬는데 회식 한 번은 해야지. 참고로 난 눈치 없이 그런데 끼는 스타일은 아니다. 편하게들 마셔."

"아, 아닙니다. 해야 할 일 한 것뿐인데요."

"할 일 잘해서 주는 거야. 지난번 대성중공업 끝나고도 회식 안 했다면서?"

기억난다. 수사를 끝낸 후련함보단 죄책감이 더 크게 들었다.

그래도 두 번째 사건을 끝내니 내성이 생겼나 보다. 그때처럼 우울하지만은 않다.

"그때 못 한 거까지 다 해서 회포 좀 풀어."

"알겠습니다. 감사합니다, 과장님."

"아니, 진짜로 n차까지 긁어도 된대요? 아무거나 먹어도 되고?"

"나 회식지원비 25만 원 넘어간 거 처음이야."

준철이 운영지원과에서 카드를 받아 오자, 반원들은 얼떨떨한 얼굴이 되었다.

공무원 회식비는 인당 한도액이 엄격하게 제한된다.

그중에선 한도가 거의 없다시피 높은 카드가 하나 있는데, 그걸 쓸 수 있는 사람은 하나뿐이다.

"이야 이거…… 국장님들이 긁는 카든데."

"예. 지난번에 못 먹은 것까지 다 먹으랍니다."

"그럼 오늘 참치 먹어도 되는 겁니까?"

"한우는요?"

반원들이 이성을 잃자 김기남 반장이 한 소리 했다.

"아서라. 그런 거 넙죽 먹으면 우리 과장님 감사당한다."

"먹고 죽죠. 솔직히 저희가 5년 동안 끌던 거 한 번에 해결해 줬는데."

"어차피 지금 시간에 여의도에 문 연 곳 포장마차밖에 없어. 팀장님, 껍데기집 가시죠."

새삼 김기남 반장이 고마웠다.

돈 많이 쓰면 어차피 눈치 보는 건 팀장 아닌가?

"그것도 좋지만 오랜만에 싱싱한 거 하나 먹죠."

"싱싱한 거요?"

"네. 보니까 저기 분위기 좋은 참치집 하나 있던데 거기서 1차 하시죠. 그 정도는 됩니다."

그 말에 반원들이 우레와 같은 박수를 쳐 댔다.

1차가 참치면 2차는 양주가 될 수도 있다.

"오늘 점심 라면으로 때우길 잘했네."

"갑시다, 모두!"

"근데 팀장님. 과장님께서 뭐 다른 얘기는 없었습니까? 흐흐."

"다른 얘기요?"

"뭐 인센티브라든지 고과 점수라든지. 흐흐."

참치집으로 향하는 길엔 오 과장과 있었던 일에 대해 설명했다.

그러자 상기되어 있던 얼굴들이 팍 식어 버렸다.

"아니, 그런 자리에서 점잔을 빼셨다고요?"

"솔직히 뭐 저희가 한 건 얼마 없잖아요. 5년 동안 싸운 건 박 팀장님인데."

"아이참— 팀장님 답답하십니다. 그래도 그럴 땐 아무 소리 않고 계셔야죠."

"박 팀장님이 이 팀장님께 진짜 많이 고마웠나 봅니다. 보통 업무 끝나면 자기 공적 내세우기 바쁜데."

"……그런가요?"

이런 면에서 공무원과 회사원이 참 다른 것 같다.

회사는 거대 프로젝트 끝나도 모두 자기가 한 일이 없다고 말하는 게 미덕이다. 어차피 고과는 핵심 아이디어를 낸 사람이 아니라 해당 부서의 팀장이 몰아 받는 구조니까.

**공정거래
위원회**

근데 공무원은 일단은 자기가 했다고 우기는 모양.

'굉장히 다르네.'

"아무튼 다음에 또 그럴 일 있으면 무조건 자기 어필해야 하는 겁니다."

"하하. 알겠습니다. 꼭 명심할게요."

"자— 그냥 털어 내. 한도 없는 회식 카드 줬는데, 고과는 어련히 따라오겠지."

김 반장이 참치집 앞에서 분위기를 잡자 준철도 괜히 흥분되었다.

전생에서도 임원이 되고 난 이후엔 불편한 회식의 연속이었다. 편하게 놀고 마시는 자리가 아니라 회장님 비위 맞추고, 정부 관계자들 비위 맞추는 접대였다.

오랜만에 순수했던 젊은 시절로 돌아간 것 같아 기분이 묘하다.

하지만 이 묘한 기분은 얼마 가지 못했다.

불명의 번호가 준철의 핸드폰에 울렸다.

'누구지? 반원들 전화는 아닌데.'

"여보세요?"

―예. 안녕하세요. 혹시 공정위 이준철 사무관님 핸드폰인가요?

수화음 너머론 웬 젊은 여자 목소리가 들렸다.

"예. 제가 이준철 팀장입니다만."

―어머, 정말 다행이다. 아직 번호 안 바꿨구나.

"누구시죠?"

-준철 선배. 저 다영이에요. 연수원 123기 박다영. 저 기억하시죠?

준철은 식은땀이 흘렀다.

생전 처음 들어 보는 이름이었다.

자신은 이준철이 아니었으니까.

다음 권으로 이어집니다

공정거래
위원회

사령왕 카르나크

임경배 판타지 장편소설

『권왕전생』『이계 검왕 생존기』의 작가 임경배 신작!
죽음의 지배자, 사령왕 카르나크의 회귀 개과천선(?)기!

세계를 발밑에 둔 지 어언 100년
욕망도 감각도 없이 무심히 흘러가는 세월 속에서
결국 최후의 수단으로 회귀를 결심한 사령왕 카르나크!

충성스러운 심복, 데스 나이트 바로스와 함께
막 사령술에 입문한 때로 회귀하는 데 성공!
한 맺힌 먹방을 만끽하는 것도 잠시
뭔가 세상이…… 내가 알던 것과 좀 다르다?

세계의 절대 악은 아직 아무 짓도 하지 않았는데
멸망을 향해 미친 듯이 달려가는 이 세상
저 악의 축들을 저지해야 한다,
인간답게(!) 잘 먹고 잘 살기 위해서는!

꿈의 도약, 로크에서 하십시오
(주)로크미디어에서 신인 작가를 모십니다

즐거운 세상, 로크미디어는 꿈을 사랑하고 도전을 두려워하지 않는 작가 분들의 참신한 작품을 기다리고 있습니다. 21세기 장르 문학계를 이끌어 갈 차세대 선두 주자 (주)로크미디어에서 여러분의 나래를 활짝 펴 보시길 바랍니다.

모집 분야 판타지와 무협을 포함한 장르 문학
모집 대상 아마추어 작가, 인터넷 작가
모집 기한 수시 모집

작품 접수 시 유의 사항

1. 파일명은 작가명_작품명.hwp형식을 갖춰 주십시오.
1. 파일에 들어갈 내용은 다음과 같습니다.
   - 성명(필명인 경우 실명을 밝혀 주세요), 연락처, 이메일 주소.
   - 제목, 기획 의도.
   - A4 용지 1장 분량의 등장인물 소개.
   - A4 용지 2장 분량의 전체 줄거리.
   - 본문.
1. 작품이 인터넷에 연재되고 있다면, 게시판명과 사이트의 구체적이고 정확한 주소를 기재해 주십시오.

선택된 작품은 정식 계약 후 출판물로 간행되어 전국 서점에 유통됩니다.
작가분은 (주)로크미디어의 전폭적인 지원하에 전속 작가로 활동하시게 됩니다.
※ 자세한 내용은 로크미디어 홈페이지(rokmedia.com)를 참조하세요.

(04167)서울시 마포구 마포대로 45 일진빌딩 6층
(주)로크미디어 편집부 신간 기획 담당자 앞
전화 : 02 - 3273 - 5135
www.rokmedia.com   이메일 : rokmedia@empas.com